文春文庫

人魚のあわ恋

顎木あくみ

文藝春秋

目次

イラスト　花邑まい
タイトルデザイン　木村弥世

人魚の
あわ恋

紹　介

天水朝名

［あまみず・あさな］

夜鶴女学院に通う十六歳。天水家の長女だが家では蔑まれている。黒いレースの手袋を常に持ち歩いている。

天水光太朗

［あまみず・こうたろう］

朝名の父。常備薬から希少な薬まで扱う薬問屋を営む。

天水桐子

［あまみず・きりこ］

朝名の母。若く見える美人。

天水浮春

［あまみず・うきはる］

朝名の兄。家業を手伝う。

日森杏子

［ひもり・きょうこ］

夜鶴女学院の朝名の同級生。日森家は時雨家と姻戚関係を結んだこともある。

湯畑智乃

［ゆはた・ともの］

朝名を慕う夜鶴女学院の下級生。

人物

時雨咲弥
「しぐれ・さくや」

洋行帰りの夜鶴女学院国語教師、二十三歳。由緒正しい時雨家の次男で庶子。黒髪を蝶の意匠の簪でまとめている。

時雨濱彦
「しぐれ・はまひこ」

咲弥の祖父。時雨家の言い伝えに詳しい。

時雨厚士
「しぐれ・あつし」

時雨家の家長。咲弥の父。

津野羽衣子
「つの・ういこ」

咲弥の母。咲弥と二人暮らし。

火ノ見深介
「ほのみ・しんすけ」

咲弥の中学から十年来の友人。名家の出。潔癖で真面目な性格。

序章

八年前のあの日のことを、今でも鮮明に思い出せる。

八歳だった朝名《あさな》は家の近所の、大きな楠《くすのき》の根元に蹲《うずくま》って泣いていた。

まだ日が昇って幾刻も経っていない、初夏のある午前。目に鮮やかな露に濡れた新緑も、ひやりと爽やかな風も、真っ黒な朝名の心に染み入ることはない。

『いい勉強になったろ。お前もいつかそうなるんだ』

兄の冷ややかなまなざしに、がつんと頭を殴られたようだった。あまりの衝撃に、気づけば家を飛び出していた。

「ちがう……ちがうの。わたしは」

すでにたっぷり泣き腫《は》らした目から、なおも次々と涙があふれる。朝名は泣きじゃくり、ひたすら自分の左手首を掻きむしった。

気色の悪い、鱗《うろこ》に似た赤い痣《あざ》。

左の手首から手の甲まで、紐が巻き付いたように螺旋《らせん》を描いて、白い皮膚に薄らと浮かぶ。

この痣が朝名の手首に浮かんでから、家族は変わってしまった。

父と兄は朝名を「化け物」と呼んで蔑《さげす》み、物のように乱暴に扱い、母はその瞳に朝名を映さなくなった。

こんな痣があるから、だから、こんな痣さえなければ。

「やだ、やだ、やだよ」

吐きそうなほどむせび泣きながら、朝名は痣を消そうと必死に爪で手首を引っ掻く。

やがて、皮膚の痣のある箇所から真っ赤な鮮血が滲《にじ》んで溢れた。

化け物なんかじゃない。化け物になんか、なりたくない。

まだだ、まだ、もっと、もっと完全に、治らないくらい深く、深く傷つけて、痣を消さないと。

これさえなくなれば、また元に戻れる。父と兄はただ欲深いだけではない優しい人たちに戻り、母は朝名を無視せず、また名を呼んでくれるはずだ。

きっと、きっとそう。だって、そうでなければ——。

肌が裂ける痛みに冷や汗が流れ、心臓もばくばくと鳴っている。すでに左手首は斑《まだら》に血に濡れて、掻きむしる右手の爪までも赤く染まっていた。

「消えて、お願い。消えて、消えて、消えてっ」

悲鳴のように叫び、しゃくり上げたとき、ふと、そばに人の影が差した。

「君、ひどい傷じゃないか……！」

聞き慣れない、若い男の声。驚いて目線を上げると、学生服を纏《まと》った長身の青年が蹲る朝名を、目を丸くして見下ろしている。

（どうしよう）

知らない人に見られた。絶対に、変に思われる。

呆然とする朝名に、青年は「ちょっと待っていて」と言い残し、慌てて走り去る。しばらくして戻ってきたとき、彼の手には濡れた白いハンケチがあった。

「見せて」

青年は躊躇《ためら》いなく朝名の血まみれの左手をとる。

「や……っ」

触れられたくなくて、朝名は咄嗟《とっさ》に手を引いた。その拍子、誤って青年の手を引っ掻いてしまう。

「あっ、ご、ごめんなさ」

「気にしないでいい」

青年は少しも痛がったり、朝名を責めたりせず、濡れたハンケチで朝名の傷の血を拭っていく。その真摯《しんし》な表情と、朝名を気遣う優しい手つきに、抵抗する気持ちも萎《しぼ》んでしまった。

家族から向けてもらえなくなった親身な優しさを、拒絶できずに。

血をひと通り拭い終わった青年は、持っていた鞄の中から、鈍色《にび》の平たい缶に入った塗り薬を取り出し、朝名に見せる。

「これを塗るけれど、ただの膏薬《こうやく》だから、安心して」

家で見たことがある薬だったので、朝名は素直にうなずいた。

「まったく、今日ほどドジな母親に感謝したことはないよ。おかげでこうして君を手当できるから」

青年は引っ掻き傷だらけの手に薬を塗り終わると、今度は真っ白なガーゼをそこに当て、丁寧に繃帯《ほうたい》を巻いていく。

朝名は空っぽな心のまま、彼をただ見つめていた。

涼しげな目元と薄い唇。制帽からこぼれた髪は墨のように黒く艶やかだ。しかし、最も目を引いたのは簪《かんざし》で括った長い後ろ髪。

（男の人なのに……）

今どき、髪を結った男性など舞台の上以外で見たことがない。おまけに、その簪は女性が好む蝶の飾りがついた美しい意匠である。

奇妙に感じつつ、けれど、青年の整った細やかな面差しに華美で繊細な簪がたいそう似合って見える。

（きれい）

見惚れているうちに、手当は終わっていた。青年の「これでよし」という呟きで、朝名は我に返る。

「痛かったろう。しばらくは沁みるかもしれないけれど、大事にするんだよ。目もこんなに腫らして——」

青年の細い指先が朝名の赤く腫れた目尻をそっと撫でる。

「……いいの。わたしはもう」

首を横に振った朝名に、青年の表情が悲しげに曇った。

「君……」

青年は言いかけて、再び鞄の中を探りだす。ガーゼに繃帯、膏薬に次いで、鞄から出てきたのは、黒いレースの手袋だ。

モガが身に着けるような、ハイカラで品の良いその手袋を、青年は朝名の右手と繃帯を巻いた左手とにそれぞれ嵌《は》めてくれる。

そうして、美しく微笑んだ。

「まだ少し大きいけれど、母より君のほうが似合う。だから、あげる」

やや躊躇いがちに朝名の頭に置かれた青年の手は大きくて、温かい。止まったはずの涙が、またこぼれそうになる。

「泣かないで。……いや、我慢するのはよくないから、たまには泣いてもいい。でも、笑顔が一番だ」

「……笑顔？」

「そう。笑顔でいる人のところに、幸せはやってくるんだって。受け売りだけれど。君も、悲しいときは泣いて、そのあとはたくさん笑うといい」

青年の励ましはどこかぎこちない。でもその不器用さが朝名の心になぜか強く響いて、素直にうなずいた。

本当は笑顔などで幸せになれないことくらい、そのときの朝名にもわかっていた。けれど、信じてみたかったのだ。唯一、朝名に優しくしてくれた、彼の言葉を。

一章　縁談の相手は

窓から、初夏の少し暑い西日が差す放課後。

やや湿った木の匂いが漂う板張りの床と天井に、漆喰の白い壁。二人掛けの細長い木製の机と、ところどころささくれのある椅子が整然と並び、正面には白い拭き筋の残る黒板が存在感を放つ。

帝都の一角に門を構える五年制高等女学校——夜鶴《よつる》女学院の教室では、今日も今日とて、色とりどりの鮮やかな花の乙女たちが、かしましくおしゃべりに興じていた。

「お聞きになりまして？　今日から新しくいらっしゃった先生のこと！」

「聞きました、聞きました。先日休職された富田《とみた》先生に代わっていらっしゃったんですってね」

「あら、富田先生の代わりなのだったら、私たちも来週の授業からその先生の受け持ちになるのかしら。待ち遠しいわ」

この日の話題は、もっぱら新任の国語教師についてである。

天水《あまみず》朝名は、黒いレースの手袋に覆われた手で教科書と雑記帳を鞄にしまいつつ、友人たちの話に耳を傾けていた。

おしゃべりの輪に入りはするけれど、朝名は積極的に会話に加わるほうではなく、普段から聞いている時間のほうが長い。

「時雨咲弥《しぐれさくや》先生とおっしゃって、時雨家のご子息なの。わたくしの家とは昔から親しい間柄で」

「まあ！」

「時雨家といえば、昔は一国一城の主だったくらいの由緒正しいお家柄でしょう？」

「しかも時雨先生は、つい最近まで洋行なさっていたほど優秀で、まだ二十三とお若くて、さらにさらに、舞台役者も真っ青な美男子だって噂は本当ですの？」

「ええ、本当です」

きゃあ、と控えめな黄色い悲鳴が上がった。

夜鶴女学院は、裕福な家の令嬢ばかりが集まる学び舎だ。恋に恋する年頃の乙女たちは皆、将来有望な男性には目がない。

ゆえに、この手の話題で盛り上がるのは必然で、あるときは誰かの親族の男性であったり、またあるときは駅で見かけた殿方であったりと、見慣れた日常だった。

（まあ、私にはあまりかかわりのない話だけれど）

そう思いながら、朝名は愛想笑いを顔に貼りつけ「へえ」とか「あら」とか、いい加減な相槌《あいづち》を打つ。

すると、

「意外ね。朝名さんも、時雨先生にご興味がおありなの？」

同じ輪を囲んでいる級友のひとりが朝名に水を向けた。

なんとなく適当に反応していただけだが、いつの間にか、何人かの視線が朝名のほうに集まっている。

「ええと」

困った。

朝名は自分の結婚相手に興味がない。どうせ家に従うしかなく、あの父と兄のこと、決めてくるのがろくな相手でないのは間違いない。

よって、その新しく赴任してきた教師にもまったく興味が湧かなかった。

しかたなく、朝名はにこやかにやり過ごすことにする。話を真剣に聞いていなかった様子はおくびにも出さずに。

「ええ、まあ。先生が交代されるなら、授業や試験に影響するでしょうし」

当たり障りのない答えに、周囲はややがっかりしたように眉をひそめる。その中でひとりだけ、呆れ笑いを浮かべて朝名の二の腕を軽く叩く者があった。

朝名が割りあい親しくしている友人で、このクラスの中心人物である日森杏子《ひもりきょうこ》だ。先ほど、噂の時雨先生とやらと付き合いがあると言っていたのも、彼女である。

「ふふ。相変わらず、朝名さんは真面目ね」

「そんなことはないわ。授業のこと、皆さんも気になりません？」

朝名が首を傾げれば、杏子はくすり、と笑った。

「気になるでしょうけれど、成績優秀なあなたほどではないわよ」

「ええ？」

「朝名さんほど、皆さんに一目置かれている学生はいないわ」

「杏子さん、冗談はよして」

「冗談？」

「私より杏子さんこそ、皆の憧れでしょうに。私なんか、まったく及びませんし」

杏子は、夜鶴女学院のマドンナだ。

柔らかく、大輪の牡丹《ぼたん》のような雰囲気を持つ美人で、とにかく目立つ。その上、何をしても優秀かつ、家柄も申し分ない。

話に交ざれない朝名とも仲良くしてくれ、常に人の輪の中心にいる、何もかもが完璧な少女なのだ。

（私とは、全然違う）

朝名はただ優等生の仮面を被っているだけ。

いつも顔に血の気がなく、周りと話を合わせることさえできずに、ただ勉学にのみ打ち込んで優等生のふりをしている朝名など、杏子とは大違いだ。

現に、朝名の言葉に、友人たちもうんうんと大きくうなずいている。

それを見た杏子が困ったように笑った。

「朝名さん、大袈裟よ。わたくしは、己にできるかぎりのことをしているだけだもの」

杏子が言うとまったく嫌みに聞こえないからすごい。朝名は素直に感心する。

結び流しにした長い髪は真っ直ぐで艶やか、肌は滑らかな象牙色《ぞうげ》で、小さな唇はほんのりとほどよい紅色。

華がある、とは彼女のための表現かもしれない。

珊瑚色《さんご》の単衣《ひとえ》と、学校指定の濃藍《こいあい》の行燈袴《あんどんばかま》に身を包んだ杏子は、服装は他と大差ないのにどうしてか、ずば抜けて品よく、優雅で、美しく見える。

「ねえ、皆さん。今日はこの後、一緒に新しくできたパーラーへ行きません？」

盛り上がっているところで、級友のひとりが提案する。

「いいわね！　あの、シュウクリームが美味しいと評判のお店でしょう」

「あそこ、わたくしも行ってみたかったの」

「私もよ。杏子さんも朝名さんも、いらっしゃらない？」

口々に言う友人たちに、杏子が満面の笑みでうなずいた。

「ええ！　もちろん、ご一緒したいわ。朝名さんも今日はいらっしゃるわよね？」

問われ、朝名は首を横に振った。

「ごめんなさい。私は行けないわ」

うきうきと浮き立っていた雰囲気が、急に凪《な》いだ。

（ああ、申し訳ないわ）

せっかくの楽しげな空気に水を差してしまった。ばつの悪い思いを抱え、朝名は荷物を詰め終えた鞄を持つ。

友人たちの残念そうなまなざしが突き刺さって、心が痛んだ。

「そんな、朝名さん、どうしても無理なの？」

中でもひときわ、形のいい眉をハの字にして悲しそうに訊ねてくる杏子に、もう一度「ごめんなさい」と謝る。こちらも、無念そうな笑みは忘れずに。

「……家の用があるの。いつも付き合いが悪くて、心苦しいのだけれど」

「それなら、週末の観劇はどうかしら。おうちの方も、休日なら許してくださるのではありません？」

気を遣って誘ってくれる友人。ありがたくはあったけれど、それも朝名には無理な相談だった。

「ごめんなさい。皆さんで楽しんで。また、感想を聞かせてくださいな」

さようなら、また明日、と挨拶をし、朝名は逃げるように教室をあとにする。

背後から「まただめだったわ」「いつもああよね」「もっとお話できればいいのに」「そんなところがミステリアスで気になるのよ」と友人たちの噂する声が小さく聞こえてくる。

勘違いだ。

別に、ミステリアスだとか、そんなたいそうなものではない。ただあまり自由が許されていない、それだけのこと。

濃藍の袴を翻し、背筋を伸ばして、朝名は昇降口へ向かう。

「さようなら」

「ええ、さようなら」

「朝名さん、さよなら」

「さよなら」

廊下を歩いている最中も、挨拶されれば愛想よく返す。すると皆、手を振ってくれたり、会釈してくれたりする。

朝名は上履きの草履《ぞうり》を下足に履き替えて、校舎の外へ出た。

(今日はお兄さまが、話があるとおっしゃっていたのよね)

思い出したら、ため息が漏れる。

用事があるというのは、嘘ではなかった。

しばしば商談で家を留守にする父に代わり、あの年の離れた兄が、話があるから早く帰宅しろと珍しく言ったのだ。従わなければどうなるかわからない。

傾きかけの太陽を、遠くに見つめる。

「はあ……」

「お姉さま」

朝名がもう一度ため息をこぼすと同時、ふいに後ろから呼ぶ声があった。

「お姉さま。お姉さま、今、お帰りですか」

背後で響いていた声が隣に並ぶ。朝名はまた笑みを作って、その声の主に問いかけた。

「ええ。智乃《ともの》さんも？」

「はい。そうなんです、偶然ですわね」

ひら、と蝶のように可憐に袖を翻して朝名の顔をのぞきこむのは、小柄な少女だ。

幼さの残る顔立ちに、くりくりとした大きな瞳、マガレイトに結った茶色の髪がまた愛らしい。

人懐こいこの後輩の名が、湯畑《ゆはた》智乃、というらしいとは、朝名も最近知ったばかりである。

彼女はよくこうして、朝名に声をかけてくる。偶然を装ってはいるけれども、たぶん朝名の行動をある程度、見計らっているのだろう。

「あの、お姉さま。これを、読んでくださいませんか」

智乃が懐から取り出したのは、綺麗な淡い色の封筒に入った手紙だった。頬を微かに染めて手紙を差し出してくる後輩は、マシマロのように甘く、可愛らしい。

朝名は手紙を受けとり、微笑みかける。

「ありがとう」

「それで……その、お姉さま。この前のお手紙のお話、考えてくださいましたか……?」

恥ずかしそうに上目遣いで訊ねてくる智乃に、朝名はまた胸が苦しくなった。

この前の彼女からの手紙には、朝名への深い敬慕が綴られており、最後は、朝名に智乃の『エス』になってほしいという旨が記されていた。

「ごめんなさい。私、誰ともそういう関係になるつもりはないの」

「そうですか……いいえ、そんな気はしていたのです。お姉さま、と呼ぶことをお許しくださっただけで、智乃は幸せです。答えてくださって、ありがとうございます」

一瞬、ひどく沈んだ表情になった智乃だったが、すぐに明るい笑みを取り戻す。

「では、今日このあとのご予定は？　よろしかったら、お茶でもご一緒に――お姉さまのお宅で、なんてお願いしたらご迷惑でしょうか？」

「えっ……」

すぐ引き下がると思いきや、押しが強い。

朝名は必死に頭を振った。一緒に出かけるならまだしも、朝名の自宅に招待などとてもできない。家だけは、本当にだめなのだ。

「それは、ちょっと……ごめんなさい。私、今日はおうちの用事で早く帰らなくてはならないの。ま、また今度」

「あ……そうでしたか。こちらこそ、ごめんなさい」

しゅん、と肩を落とした後輩に対し、さらに申し訳なさを覚える。

（私が、――でさえなかったら）

せっかく慕ってくれているのだ。智乃ともっと仲良くなり、お互いの家を行き来して、おしゃべりできたら楽しいだろう。

友人との付き合いもそう。一緒にカフェーやパーラー、観劇へ行って、感想を言い合って。

でもそれは決して許されない。

朝名は重たい気持ちを抱え、智乃に別れを告げる。彼女の寂しそうな佇まいが、また朝名の心を重くした。

校門を抜け、迎えに来た家の自動車に乗り込む。

腰を落ち着けると、保ち続けてきた優等生の仮面が剝がれ落ちた。

（私は、空っぽね）

発進した自動車の窓に、次々と景色が流れてゆく。自動車は、先に学校を出た学友たちをあっという間に追い抜かした。

（楽しそう）

談笑しながら道を歩く、同じ色の袴を穿いた級友たち。

そして、ぼんやりと窓に映る、青白くて冴えない、自分の顔。

朝名はうつむき、静かに嘆息する。ガバレットに結ってある頭から、はらり、と後れ毛がこぼれた。

和洋入り交じる華やかな帝都で、由緒正しい裕福な名家の屋敷が集う山手。

中でも、ひと際目を引く荘厳な門構えの、広大な木造平屋の屋敷が、朝名の帰るべき家――天水家である。

天水家は何百年も前から、薬を扱う商売を生業として、莫大な財産を築いてきた。小さな薬売りから始め、時代に応じて形を変えて、現在は薬問屋を営んでいる。

薬問屋は、国内のさまざまな薬を買いつけ、薬局や商店などに卸して金銭を得る。

天水家が取り扱うのは、ごく一般的な常備薬から医師でもなかなか取り扱わない稀少な薬まで、実に多種多様だ。

そのおかげか、天水家は爵位こそないものの、裏では政財界に数多《あまた》の顧客を抱え、深いつながりがあった。

主力の商品は『人魚の涙』と呼ばれる、万能薬。

これは製造場所も製造方法も厳重に秘された、天水家だけが扱う特別な薬である。

無論、万能薬というのは宣伝文句であって、現実には万能ではない。

ただ一見、何の変哲もない透明な液体である『人魚の涙』は、具合の優れない時に飲んでよし、擦り傷や切り傷に振りかけてもよし。少量でも摂取すれば、病や怪我の治りがよくなり、体調が整う。

そういう触れ込みで事実、評判となった。

結果、高価ながら長く売れる主力商品となり、多くの薬局から卸売りを求められ、天水家に財の山を築いたのだ。

大多数の人は、隠された秘密を知らないまま。

「ただいま帰りました」

朝名が帰宅すると、ちょうど、落ち着いた菖蒲《しょうぶ》の柄の単衣を纏った母、桐子《きりこ》が廊下を歩いてくるのが見えた。

「お母さま、ただいま帰りました」

けれど、朝名の挨拶は、何もなかったように綺麗に無視される。

年の割に若々しく、美しい母は、まるでそこに誰もいないかのように、視線のひとつも寄越さないまま通りすぎていった。

(やっぱり、だめね)

朝名はレースの手袋に覆われた左手を、右手で押さえる。そうしているうちに母の背は消えていた。

大きく息を吐く。

気を取り直し、四畳半の狭い自室に荷物だけ置いた朝名は、台所にいた使用人に兄の所在を訊ねた。

「……離れでございます」

「そう。ありがとう」

こちらを見もしない使用人に明るく礼を言い、口調とは裏腹に重い足取りで離れに向かう。

朝名は渡り廊下から続く離れの、古びた木戸を叩いた。

離れといえば聞こえはいい。

しかし、天水家の離れは実際には忌み屋も同然の建物でしかない。母屋ではできない、人目に触れさせたくない行為をするためだけの小屋だ。

「お兄さま。朝名です」

「入れ」

「……失礼いたします」

戸を開けた瞬間、むっと鼻をつくのは黴臭さと生臭さの混じった独特の匂い。

さほど広くはない薄暗い一間は、左右の壁一面がすべて棚になっており、ガラス瓶がたくさん並んでいる。

兄の天水浮春《うきはる》は身軽な着流し姿で、その棚の段の空いた空間を使い、立ったまま何やら書き物をしていた。

「お兄さま、あの、何か御用で」

「ああ。お前の結婚が決まったぞ」

朝名は呆気にとられ、硬直する。

「え？」

あまりに感情のこもらない、投げやりな声色だったので、うっかり聞き逃しそうになった。

（結婚……）

覚悟はしていた。朝名の進路は、手首に痣が出たときからすでに決まっている。けれど、これほど急とは思わず、心臓が嫌な音を立てた。

「そう、ですか。それは……以前から、お話にあった、勝井《かつい》子爵、と？」

帝都に有数の金満家で、嗜虐癖《しぎやくへき》が陰で噂の勝井という子爵がいる。

四十路の彼は婚姻歴があるが、何年も前に妻は他界しており、現在は大きな屋敷に一人で住んでいるという。

好事家《こうずか》である彼は、大金と引き換えに天水家の『特別な娘』を後妻にと望んだ。天水家の収入、四年分に相当する金銭を提示して。

父の光太朗《こうたろう》も、跡継ぎである浮春もそれを了承したので、朝名は女学校を卒業したのち、ただちに彼に売られることになっている。

とはいえ、まだ口約束の段階だ。

父や兄は提示された金額が不満だったらしく、できるかぎり結納金を吊り上げようと、交渉の真っ最中だったはずである。

(だから、正式な縁談は先だと思っていたのに)

浮春は朝名の問いに首を横に振った。

「違う。勝井子爵ではない」

「では……？」

「土壇場で勝井子爵の倍の金額を出すという話がきたのでな。条件を見て、そちらにした。しかもその男、我が家に婿入りしてくれるそうだぞ」

「婿、入り」

「相手がうちに婿入りするなら、まだまだお前を商売に使えるからな。しかもその男、外国語が堪能だそうだから、うちの販路も海の向こうに広げられる。これ以上の好条件はあるまい。いざとなったら、婿の口封じをする方法などいくらでもあるわけだしな」

まるで他人事のように、浮春の説明は頭の中で空転する。

（寝耳に水とは、このことね）

天水家の後継者は浮春だ。これは決定しているから、本来は婿など必要ない。

加えて、一般的に多くの男性は婿入りを嫌がるというし、まさかこんなことになるとは想像もしていなかった。

だが、考えてみれば確かに天水家には都合のいい話かもしれない。

天水家としては、婿が持参金として多額の金銭を支払ってくれる上に、金になる『特別な娘』――朝名を、そのまま手元に置いておける。

（私は、ずっとこの家に閉じ込められたまま？）

思わず、宙を仰ぐ。

幼い頃に手首に痣が現れて以来、忌み子となった朝名はずっと父と兄にいいように扱われてきた。

特別だから。天水家に財をもたらす存在だから、と。

朝名にとっては苦痛でしかないその生活が死ぬまで続くと、たった今、決まってしまったのだ。

「恨むなら、そんなふうに生まれた自分を恨むんだな。だがまあ、よかったじゃないか。お前のような化け物でも、その身体を家のために存分に役立てられるのだからな。――さて、仕事だ」

浮春は帳面を閉じ、淡々と言った。

恨んでも、嘆いても、朝名にはどうしようもない。今さら言われずとも、すでに数えきれないほど恨んで、嘆いて、疲れて、飽いて、あきらめた。

ひと欠片《かけら》の希望も残っていない。

ああ、この身体ごと、消えてしまえたら。ありえるはずもない願いを抱かずには、いられない。

もしくはいっそ、自分がどれだけ痛めつけられ、蔑まれても、家族の役に立てるならと泣いて喜べるくらい愚かで、殊勝な人間になれたらよかった。

朝名は痣を隠すためにレースの手袋をした震える両手を、擦り合わせる。

(泣いてはだめよ、天水朝名。あの人だけいれば、あの日の思い出だけあれば、十分じゃない)

助けてほしいとは望まない。

誰と結婚させられても、どれだけ粗略に扱われ、化け物と罵《のの》られて、利用されても。あの初夏の日に、怪我の手当をしてくれた人。手袋をくれた、優しい人。

何より大切な、朝名を心から案じてくれたあの人との思い出だけが、心の安らぎとなり、朝名を生かしてくれる。

「座れ」

浮春に無造作に腕を摑まれ、ところどころ黒っぽい染みのついた椅子に乱暴に座らされる。

兄に向けられた鋭く光る針先から目を逸らし、朝名はそっと、手袋を外した。

◆

週末、朝名は父の天水光太朗に連れられ、見合いの場へと赴いた。場所は帝都でも有名な高級料亭である。

相手の家はどうやら天水家には高嶺の花といっても差し支えないほどの、由緒正しい華族であるらしい。

有力な華族がかかわる顔合わせとあって、仲人も場所に気を遣ったようだ。

（私は、何も聞いていないのだけれど）

料亭の小綺麗な玄関口を虚《むな》しく眺める。

朝名は天水家に婿入りするという奇特な男性について、家柄以外には詳細をまったく伝えられていない。姓名も、年齢も、職業さえも。

もしかして、名を聞いたら逃げ出したくなるような、悪名高い男性なのだろうか。あるいは、光太朗や浮春が面倒だから伝えなかっただけか。

しかし、無駄に悶々と思いを巡らせるのも億劫だ。なにしろ、いかな悪人が現れたとして、逃げ出す気力すらない。

今日も体調はすこぶる悪く、気を抜くと足元も覚束《おぼつか》なくなる。

あまりの顔の血色のなさを、厚めにおしろいと頬紅を塗ってごまかすくらいだ。長時間の顔合わせに耐えられるかも、少し不安だった。

(……着物にも着られているという感じだものね)

初の顔合わせということもあり、朝名は白椿の柄が華やかな紅の振袖を纏い、両手には白いレースの手袋、普段はガバレットに結っている髪も、結び流しにした。

父も上等な正絹《しょうけん》の着物に袴、羽織姿である。

仲人よりも先に到着した朝名と光太朗は、青々しい松が目を引く、美しく整えられた庭園に面した畳敷きの一間に通された。

「朝名」

「はい」

座布団の横に座ると、光太朗に名を呼ばれ、朝名は静かに返事をする。

「くれぐれも、へまをするんじゃないぞ。ただでさえお前は器量がよくないのだし、向こうは客だと思って愛想よくしろ。やっと見つけた上客なのだからな」

光太朗は横暴に言い放つ。この威圧的な物言いは、彼の常だ。

「……肝に銘じます」

「せっかくここまで育て、女学校にまで行かせてやったのだ、少しでも多く稼いでもらわねば困るわ」

「はい」

いつもと違う、白いレースの手袋で隠した左手首を、右手で握る。

朝名と同じ、天水家の特別な女だった大叔母と違い、女学校にまで行かせてくれたことには感謝している。

けれどそれは、別に光太朗が朝名を思って、というわけではない。

父はただ、娘を女学校にも行かせない、吝嗇《けち》な男だと世間から思われたくなかっただけ。つまり、体面を気にしてのことにすぎない。

だというのに、『女学校にまで行かせてやった』『だから少しでも多く稼げ』と恩着せがましく言われるのは、理不尽だ。

だが今さら、この程度で口ごたえをする気も起きない。言っても詮無いこと。朝名にこれまで降りかかってきた数多の不条理に比べたら、大した問題でもない。

代わりに朝名は眉を寄せ、目を閉じて、開く。

しばらくすると、仲人が現れた。

「いやはや、すみません。遅くなりまして」

此度の縁談を持ちかけたのは、眼前で汗を拭きつつ、糸のような目をさらに細くして笑っている体格のいい初老の男、広戸《ひろと》であった。

彼は天水家とも取引のある華族、広戸男爵の弟にあたり、自身も製薬会社の重役を務めている。

座布団の上にどっかりと腰を下ろした広戸は、「実は連絡がありまして」と切り出した。

「先様なのですが、どうも私が懇意にしている先代が体調を崩されたようで、今日は来られないと」

「おや、それは心配ですな。すると、ご当主はいらっしゃる？」

「いえね、それがご当主はもともと都合が悪いとかで」

「……では、あちらはご本人がおひとりで？」

「そうなるでしょうな。いや、申し訳ない」

「いえいえ、結構。ご本人がいらっしゃるのならば、問題ありますまいよ」

光太朗は朝名に対する態度とは打って変わって、にこやかで明るい顔と口調で広戸に応じる。商売人らしい、たいそう見事な変わり身の早さだった。

父や兄は家の利益を第一に考える、根っからの商売人だ。

客や取引先には愛想よく。一方、娘ではなく、家で飼養している鳥獣も同然の朝名には相応の扱いを。

さしずめ、朝名の縁談は家畜の交配といったところか。

（……考えてみたら、私の婿になる殿方ほど哀れな人はいないわ）

婿入りなぞしたら、きっとよほど腕っぷしの強い男性でないかぎり、朝名と同じようなろくでもない扱いを受ける。

しかも妻となる朝名は上っ面だけまともぶった、普通の女性とは大きく異なる正真正銘の化け物だ。大金を払って婿入りする甲斐がないにも、ほどがある。

にわかに、料亭の廊下に人の声と足音が響いた。

どうやら、ようやく朝名の縁談の相手が到着したらしい。

料亭の女将の案内で、ぎし、と板張りの廊下を軋《きし》ませながら、大きな人影が障子に映った。

朝名は畳に手をついて伏す。ただひたすら、目の前の畳の目だけを見つめていた。

「お待たせしました」

低く落ち着いた、柔らかな声だった。

どこか艶があり、自然と聞き入ってしまうその声につられて、朝名はおもむろに伏せていた目線を上げる。

どくり、と強く、心臓が鳴った。

なんて……なんて、麗しい人だろう。

座敷に入ってきた人物は、筆舌に尽くしがたい美丈夫だった。

洗練されたしなやかな気配を纏い、美麗、という語がよく似合う。すらりとした長身で仕立ての良い暗灰色の三つ揃えを見事に着こなし、慎ましくも華やかな色香を感じさせる。

荒々しさや武骨さなど微塵《みじん》もない。磨き抜かれた佇まいは、白鳥のごとく雅なおとぎ話の貴公子そのもの。

けれど、何より朝名の目を釘付けにしたのは、彼の面差しと髪形だ。

(似ているわ……)

涼やかな目元や長い睫毛、薄い唇。今どきの男性にしては珍しく、長く伸ばした墨染の髪を簪で結っているところも。

『笑顔が一番だ。笑顔でいる人のところに、幸せはやってくるんだって』

あの声も言葉も、朝名の心に残り、今なお決して薄れない。

彼は、あのときの青年とそっくりだった。朝名の目に強く焼きついて決して消えなかった、あの人と。

信じられないほど鼓動が速くなる。

父や仲人、本人にも、心臓の音が聞こえてしまいそうだった。全身の血までもが、まるで煮えたぎるように熱い。

彼は、優々たる身のこなしで朝名の向かいの座布団に着く。その様子を見て、朝名はいよいよ息が止まった。

一礼した彼の後頭部で、しゃらり、と軽やかに鳴った簪、その意匠は。

(あの人と同じ……嘘)

こんな偶然がありえるだろうか。

思い出さない日はないほど、数えきれないほど、朝名を支え、励ましてくれた大事な、大事な記憶の中の青年が、時を経て結婚相手として目の前に現れるなんて……まさか、そんな夢物語のようなことが。

このときだけは、朝名は呪われた己の運命を忘れていた。

「では、皆さまお揃いのところで――」

広戸が話し始めるけれど、何ひとつ頭に入ってこない。

あまりの衝撃にすべてが朝名の耳を素通りしていき、ただ正面を見つめることしかできなかった。

まさか。まさか、でも。

とりとめのない思考が空回りし続ける。父の光太朗に肩を叩かれたとき、朝名はようやく我に返った。

「朝名」

「は、はい」

「時雨さんが食事の前に散歩に誘ってくださっているだろう。返事をしなさい」

「あ……は、い。申し訳ございません。喜んでお供いたします」

慌てて答えた朝名の耳元で、光太朗が囁く。

「わかっているな」

朝名は必死にうなずいた。

父に不審に思われてはいけない。笑顔はきちんと作れていただろうか。もう手遅れかもしれないが、意識して呼吸を整えた。

「少し、庭園を歩きましょうか」

咲弥に声をかけられ、朝名はさすがに相手を凝視しすぎていたことに気づく。今になって気まずくなり、視線を逸らした。

立ち上がって部屋を出る咲弥の後ろに、これ以上ないほど淑やかに続く。

縁側から庭に下りる際、さりげなく差し出された咲弥の手をついまじまじと見つめてしまう。

（本当に、あのときの）

朝名は咲弥の後ろについて、色の濃い新緑の庭を歩きだした。

中央に設けられた池には立派な朱色の鯉が泳ぎ、密やかに佇む苔むした石や灯籠が静けさを醸し出す。

よく手入れされているのに、あるがままの自然の美しさも損なっていない、素晴らしい庭だ。

その中を数歩進むと、ふいに先を行く咲弥が立ち止まり、こちらを振り返った。

「あらためまして、時雨咲弥といいます」

穏やかな声に、朝名は再び視線を上げた。

青年――時雨咲弥は、揺るぎない黒い瞳で、こちらを見つめている。

うなじで結って余った長い髪が肩を流れ、口元に浮かぶのは人当たりのいい笑み。現実味のない美しい容姿を含め、老若男女、誰が見ても百点満点の好青年だ。

朝名も、できるかぎり印象のよい微笑みを作り、深々と頭を下げて名乗り返す。

「天水朝名と申します。お初にお目文字いたします」

口にしてから、あ、と朝名は小さく瞠目する。

(時雨咲弥さんって)

その名はまだ、記憶に新しい。

時雨家の子息で、洋行帰りの二十三歳。舞台役者も真っ青な美男子の——朝名の通う女学校の、新任国語教師。友人たちが噂していた名だ。

しかし、噂は少しも誇張ではなく、彼の容姿は、朝名が今まで会ったいかなる男性より美しい。確かに役者顔負けの美貌である。

(でも、こんな偶然ありえるかしら)

思い出の恩人で、縁談の相手で、朝名の通う女学校の新任教師。

さすがにここまで揃っては、「たまたま」では納得がいかないし、奇妙な巡り合わせ、では済まない。

「あの、お噂はかねがね……時雨先生」

朝名が遠慮がちにそう呼ぶと、咲弥は得心した様子で「ああ」とうなずく。

「君は夜鶴女学院の生徒でしたね」

「はい」

「なるほど……おそらく、祖父の仕業でしょう」

「はあ、ええと」

苦笑する咲弥に、朝名は小首を傾げる。

池の水音を乗せ、ふ、と柔らかく吹き流れた風は、青い松の香りを含む。同時に、咲弥がつけているのだろう、薄荷に似た香りと、ほのかな煙草《たばこ》の匂いが鼻をかすめた。

一瞬、朝名が気をとられるうちに、咲弥が少し笑みを薄くした。

「実は此度の縁談、僕が帰国する前から祖父が勝手に話を進めていたものでして。教師の仕事も、祖父に勧められたものなのです。きっと偶然ではなく、祖父の仕組んだことでしょう」

「あ……そうだったのですね」

教師らしい落ち着いた咲弥の口調は折り目正しいけれど、なんとなく距離があり、よそよそしい。

「縁談のことは聞いていましたが、まだ帰国して間もないのに顔合わせだと言われて、驚きましたよ」

朝名はあらためて咲弥を見遣《みや》る。

咲弥の表情は冷たくはなかった。優しい、というほどではないが、特に嫌悪感もうかがえず、愛想笑いに似た微笑が浮かぶのみだ。

その様子から、彼が天水家のことをあまりわかっていないのだと察せられる。

縁談も彼の祖父の言いつけだというし、つい最近まで洋行していたのであれば、なおさら天水家のことを知らずとも無理はない。

（私のことも、覚えていないわよね）

八年前の記憶は朝名にとって大切で、尊いものだが、咲弥は朝名にぴんときていないようだった。

あれから八年も経って、朝名も大きく成長し、容姿も変わっているゆえ、当然である。

しかし、だとしたら。

「先生が何もご存じなくいらっしゃったなら、さぞ、がっかりされたでしょう。いきなり私のような者が相手だと聞かされて」

ほんの、笑い話のつもりで朝名が言うと、咲弥は盛大に眉をひそめた。

「そんなことはありませんし、ご自分のことをそんなふうに言うものではありませんよ」

「いいえ。私はこのとおり、見たままの女です。不器量で、気も利きません。先生のような素敵な殿方にとって、少しの取り柄もない単なる生徒の私は、外れ籤《くじ》のようなものでしょう」

口許に控えめな笑みを作る。愛想笑いは得意だ。父に似たのだろうか。

（本当にこのまま、先生と結婚するの？）

朝名は笑みを保ち、胸の中で自問する。

大切な恩人に、厄介が服を着て歩いているような自分なんかをあてがい、悪鬼のような父や兄のいる家に婿入りさせて、明らかに不幸になるしかない道を歩ませて。

それで、いいのだろうか。

『笑顔が一番だ。笑顔でいる人のところに、幸せはやってくるんだって』

あのときの言葉は、今もはっきり朝名の内に刻まれている。

彼との出会いがあったから、彼の言葉があったから、朝名はこれまでつらくとも耐えられた。悲しくとも、笑顔を忘れずにいられた。人らしく、いられたと思う。

そんな恩人に、外れ籤を引かせてはいけないのではないか。恩を仇で返すことになりはしないか。

「当たりも外れも、かかわりありません。僕は祖父に恩があります。体調を崩したその祖父の願いを叶えるため、僕はこの縁談を受け入れることにしましたから。――ただ、せっかく夫婦になるのなら、上手くやっていきたい。そう思います」

「……私とでも？」

「はい。君と、です」

咲弥の態度はどこまでも真摯で、その瞳はどこまでも真剣だった。

祖父の願いを叶えたいという孝行ぶり。見知らぬ少女の手当をする思いやりの深さ。

彼は真っ直ぐな、いい人だ。たぶん、朝名の願望ではなく。

「君は、どうですか」

「……私は」

問われて、朝名は言い淀む。

恩人である咲弥と夫婦になれたら、きっとつらく苦しい人生も幸せになる。夢でも見ているみたいに、本当は、泣き出しそうなほどうれしい。でも。

朝名にとっての幸せは、咲弥にとっての不幸せだ。

己の運命を忘れてはならない。この縁談は決して成立させてはならない。だから、朝名は嘘を吐く。

「はい。……許されるのならば、私もいい妻になりたいと、思います」

「なら、よかった」

目を細めた咲弥に対し、罪悪感で胸が痛む。

この場で面と向かって断ってしまえば、時雨家、および仲人となった広戸の顔も潰してしまう。

無用な波風は立てたくない。

(どうして、私はこんな家に生まれて、こんな身体になってしまったの)

きっと朝名の本性を咲弥に知られたら、嫌われる。どんなに高潔で、優しい人でも、化け物の妻を受け入れられるはずがない。

それを考えたら、胸が千切れそうなほど痛い。

（もし――）

もし自分が違う家に生まれていたら、咲弥と夫婦になれただろうか。朝名が彼の当たり籤であれただろうか。

しばらく他愛のない会話を交わしながら庭を見て回り、朝名と咲弥が再び座敷に戻ったところで、昼食の席が設けられた。

座敷に戻った朝名に向けられた光太朗の眼光は、ひどく鋭い。

（そんなに睨《にら》んだって、どうしようもないのに……）

内心でそんなふうに悪態をついたけれど、もちろん顔には出さなかった。

食事の間、調子よく談笑しているのは主に光太朗と広戸で、彼らはたまに咲弥にも話を振るものの、たいして会話が続かない。

朝名はただ黙って料理を器から口へ箸で運んでいた。

全員が食事を終えて一服したのち、顔合わせはお開きとなった。

先に料亭を出た広戸に続いて、咲弥がその場をあとにし、最後に朝名と光太朗が料亭の玄関を出る。

「お父さま」

真っ白な玉砂利の上を歩いて行く父の背に、朝名は意を決し声をかける。

食事のときから、朝名の脳内を占めていた事柄はたったひとつ。縁談をなかったことにしてほしい——そう、父に告げることだ。

ただ、その願いが光太朗の機嫌を損ねることは必至だった。恐ろしさで身体の震えが止まらない。

（でも、この機会を逃したらいつ話せるかわからないもの）

光太朗は商談で家を空ける日が多い。たとえ家にいても、昼間は女学校にいて、朝夕の食事も別の朝名とは何日も顔を合わせないこともざらだ。

今、言っておかなければ、次に父と会うときには取り返しがつかなくなっているかもしれない。

朝名の呼びかけに、光太朗は怪訝な表情で振り向く。先ほどまでの愛想のいい商売人の顔はすっかり鳴りを潜め、ひどく冷たい空気をまとっている。

「なんだ」

大きく息を吸う。朝名は腹に力を入れ、その言葉を口にした。

「此度の縁談、お断りしていただけないでしょうか」

「なんだと？」

案の定、光太朗は大きく目を瞠り、次にこれ見よがしに持っていた杖で砂利道を突く。

「私の聞き間違いか？　断れ、と聞こえたが」

「……はい。私は、時雨様と結婚するのは気が進みませ――」

「戯言《たわごと》を！」

朝名が言い終わるより先に、光太朗の杖が朝名の頰に叩きつけられた。

――がつん。

重い音とともに、強い衝撃を受けて、朝名は砂利の上に倒れ込んだ。

「は、うぅ」

頰が熱い。頭が揺れて、視界が回る。自分が今、どんな体勢なのかもわからなくなる。

ふ、と吐き出した息も熱くて、けれども、それに構う暇もなく、衿を摑まれて倒れた身体を無理やり持ち上げられた。

顔も、首も、砂利に打ちつけた手足も痛い。

「お前、そんなことが許されると思うのか。せっかく漕ぎつけた、良縁だというのに」

「で、すが、私は」

「黙れ。お前のようなモノが、私の決めたことに口出しするな！」

「う……もう、し、わけ、ございませ」

「お前の器量が良ければ、もっと高値で売れたのだぞ」

摑まれた衿を乱暴に放され、朝名の身体はまた地面に投げ出される。憤怒を露わにした光太朗の、荒い息遣いだけが聞こえる。身体中に熱がこもって、他の感覚がない。

そのとき、鋭い声が響いた。

「何事ですか！」

咲弥だ。もうとっくに帰ったと思ったのに、まだ近くにいたらしい。

料亭の女将も、何が起きたのかと不安を滲ませて玄関からこちらの様子をうかがっている。あれだけの音を立て、怒声を上げれば、当たり前だ。

「こんな、どうして」

咲弥はすぐさま、倒れ込んだ朝名に寄り添ってくれる。黒い瞳に浮かぶのは、驚きと焦りと困惑とが混ざり合った、複雑な色。

「ひどい」

咲弥は殴られた朝名の頰を見て、呆然と呟く。自分ではわからないけれど、おそらく、よほどひどい傷なのだろう。ずきずきと鈍い痛みが続いている。

「天水さん、これはいったいどういうことですか。娘に手を上げるなど、正気ですか」

「なに、ちょっとした躾《しつけ》です。よくあることですよ」

「躾？　これが？」

咲弥は光太朗に、信じられないものを見るかのような目を向けた。

さすがに光太朗も、まずい場面を見られたと感じたのか舌打ちをし、それでも平然とした態度は崩さず、言い放つ。

「……我が家の教育方針に口を出さないでいただきたい」

「ふざけていらっしゃるのか。こんなものが教育であっては、たまらない！」

教師である咲弥がいきり立つのを見て、今度は朝名が慌てる番だった。このまま喧嘩になっては、咲弥の立場が悪くなってしまうかもしれない。

（それだけはだめ）

ふらつく身体で朝名は立ち上がり、父と咲弥の間に割って入った。

「ま、待って、待ってください」

眉間に深いしわを刻んだ咲弥を見上げ、痛みをこらえつつ姿勢を正し、できるかぎりの笑みを作る。

「私は大丈夫です。ご心配をおかけしました」

たった一度でも、朝名のために咲弥が怒ってくれただけで、涙が出るほどうれしくて、うれしくて、たまらない。

これだけでもう十分、満足だ。

「いや、だが……」

「いいのです。騒がしくして申し訳ございませんでした。お父さま、帰りましょう」

殴られるくらいは慣れている。

どうせ傷になってもすぐに治ってしまうし、だからこそ父も手加減なしに手を上げるのだ。暴力は朝名にとっての日常だった。

現に、光太朗も手を上げたこと自体には悪びれもせず、ただ若い咲弥に反抗されたことに憤慨しているようである。

「朝名さん……」

戸惑う咲弥に、朝名は丁寧に腰を折って一礼した。

「今日はどうもありがとうございました。お会いできてうれしゅうございました。また学校で。もちろん、縁談のことは学校では言いません。お仕事の妨げになってはいけませんから。さよなら、先生」

「行くぞ」

父に強く手を摑まれ、引っ張られるようにして朝名はその場を離れる。

家の自動車に乗り込むまでのその道中、光太朗は朝名を怒鳴りつけはしなかったが、冷ややかに睨んできた。

「いいだろう、朝名。あの男との縁談をなかったことにしたいのなら、お前の身体でどうにかすればいい。これまでよりいっそう家に貢献すれば、考えてやらんでもないぞ」

「………」

嘘だ。

きっと、光太朗が考え直すことはない。

業界での天水家の評判は、本当はすこぶる悪い。

繁盛しているうちはむしろ近づいてくる者も多いけれど、姻戚関係になるとなれば話は別。朝名も、政財界に顧客を抱える家業の娘にしては、縁談は多くはなかった。

咲弥との縁談は、そんな中で運よく手にした良縁だ。光太朗も浮春も、そう易々と手放すはずがない。

(でも、もしかして、万が一にでも縁談を白紙にできるなら)

どうにかして、咲弥を天水家にかかわらせないようにしたい。朝名はその一心で、父の言葉にうなずいた。

「はい。……それで構いません。お父さま、どうか再考してくださいませ」

咲弥を、恩人を助けるためなら、自分が傷つくくらいなんともない。

どうせ死ぬことはできないのだから、ならばせめて、恩人のために役に立とう。ささやかでも恩を返せるように。

朝名の返事に、光太朗は鼻を鳴らした。

◆

咲弥はただ立ち尽くして、婚約者となる少女とその父親の背中を見送っていた。呆気にとられていた、と言い換えてもいい。

今日、初めて会った縁談の相手——天水朝名は、目を引く華やかさや美しさも、特筆すべき点もなさそうな少女だった。

（でも、今のは）

往来で父親にあれだけのことをされ、言われたにもかかわらず、逆に咲弥を気遣って笑んだ朝名の姿が頭から離れない。

打ちのめされた態度をとるでも、咲弥に泣きつくでもない。

ただ凜として立ち上がり、あまつさえ微笑み、礼すら言ってのけたその姿。

もし、あの笑みがいかなる状況でも変わらないのなら……きっとそれは、並々ならぬ意地だ。

一見、細く頼りなげな彼女の背に、咲弥の目は釘付けになっていた。

数日前の晩。

夜鶴女学院での打ち合わせを終え、咲弥が向かったのは、帝都の華やかな街並みの片隅に店舗を構える、とある小さなバーだった。

近頃の帝都では、男性が情報交換をしたり雑談をしたりする場として、隠れ家のような雰囲気のあるバーやカフェーがひそかに流行っているという。

バーは煉瓦《れんが》造りの二階建て、一階は純粋に酒を楽しむ空間、二階は酒とともに撞球や麻雀といった遊戯に興じるための作りになっており、仕事上がりの男たちで賑わっていた。

咲弥が火ノ見《ほのみ》深介《しんすけ》と顔を合わせるのは、帰国して二度目だ。

煙草の匂いが満ちる一階の、桃花心木《マホガニー》のテーブル席に、二人は向かい合って座り、酒を注文する。と、まもなく、各々の手元にとろりとした洋酒で満たされたグラスが運ばれてきた。

「こんなところに呼び出してすまなかったな」

「別に構わないよ」

きちんと火熨斗《アイロン》の当てられた三つ揃いのスーツに身を包む深介からの、相変わらず生真面目な謝罪に、咲弥は笑いそうになりながら首を左右に振る。

「積もる話もあるだろうし」

「この時間でなければ、あの厳《いか》めしい店主の餡ぱん屋でもよかったんだが」

「大将は夕方には店を閉めてしまうから、それは仕方ない」

共通の行きつけである店の話題に、立ち込めていたぎこちなさが若干和らぐ。

しかし、深介は再び表情を硬くした。

「さっそくだが、お前に言いたいことがあってな」

「何？」

「悪いことは言わない。天水家との縁談は、やめておけ」

普段から柔らかいとは言い難い深介の口調だが、このときはさらに頑として、ひどく堅かった。

「これはまた、出し抜けに。しかも、やけに断定的だね」

「当たり前だ。どうして、よりにもよって天水家なんだ。あの家に、しかも婿入りなどと正気を疑う」

友人の口ぶりからは、彼が天水家を蛇蝎《だかつ》のごとく嫌っているのがひしひしと伝わってくる。

深介は昔から真面目で、あまり融通の利く性質ではなかった。

外見も整ってはいるけれど、潔癖さと堅苦しさが滲み出ている。ただ、嘘やいい加減なことをよしとしない彼と一緒にいるのは、咲弥には心地よく、二人は中学から十年来の友人であった。

とはいえ、そんな彼なので、また潔癖なところが顔をのぞかせたのかと、咲弥は思ったのだが。

「天水家にはよくない噂が多い。薬問屋として繁盛しているが、その裏では毒物を流通させているだの、競合する店を潰しただの、薬を売るために病を流行らせただのとな。そのせいで——命を落とした人もいる。今はよくとも、もし今後、検挙されるような事態が起こったとき、婿入りなぞしていたら巻き込まれるぞ」

毒に、人の死。物騒な単語が並べられ、咲弥は軽く目を瞑《つむ》る。

ポケットから煙草を取り出して咥え、燐寸《マッチ》で火をつけると、ひと吸いしてから口を開いた。

「いや……でも、確かなのか？　薬問屋ならそれらに類するものを扱っていても、おかしくはないんじゃないかな。薬も毒も、ようは使いかた次第だろうし。他のも、所詮は噂だろう？」

「違う。お前、『人魚の血』という毒に心当たりは？」

深介が声をひそめた。人魚、という単語に引っかかりはあるものの、咲弥は首を横に振った。

「ない」

「……知る人ぞ知る、といった狭い範囲の噂ではあるのだが、そういう名の幻の毒があるらしい。どんな形状なのかも未だにわかっていないが、証拠が残らず、ほんの少量でも体内に入れれば、たちまちその者を死に至らしめる凶悪な毒薬だと」

「眉唾だろう。そんな殺人者に都合のいい毒薬があるなんて」

「いいから聞け。それで、その『人魚の血』と、『人魚の涙』を売る天水家を結びつける者も多いのだ。事情を知る人間の中にはな。人魚、という言葉が共通しているからだけでなく、あの家ならやりかねんと」

聞けば、数多ある薬問屋の中でも、『人魚の涙』という薬を卸しているのは天水家だけであり、その製法は誰も知らず、ゆえに怪しい、という噂も絶えないのだとか。薬は身体に入れるもの。材料も製法も明らかでないとなると、確かにいっそう訝しむ人間が多くても自然ではある。

さらに、と深介は続ける。

「どうやら、実際に天水家は、いっさいの情報を秘匿したまま『人魚の涙』を売ることを、どこぞのお偉方と裏で取引し、見逃してもらっている。これはほぼ間違いない」

「だから、その『人魚の血』という毒を売ることも、同じようにひそかに誰かの許可を得ているのではないか、というわけか」

咲弥は大きく息を吐き出して、椅子にもたれる。

名家の出で、方々に伝手《つて》があり、新聞社や警察にも顔が利く深介が言うのならば、信憑性はかなり高い。

何かの拍子に状況が裏返ることがあれば、天水家は確実に罪に問われ、婿になった咲弥も巻き込まれてしまう。

けれど、咲弥にも譲れないものはある。

「だとしても……祖父《じい》さまの願いだ、僕には断れない」

咲弥がもっとも嫌うのは、不義理だ。

時雨家当主の妾であった母と、妾の子である咲弥を、陰で長らく支えてくれた祖父、時雨濱彦《はまひこ》たっての願いとあれば、無下にはできないし、したくない。

それに華族の当主としても、事業家としても、辣腕《らつわん》を振るっていた祖父である。天水家の悪評など、承知の上ではなかろうか。

なんらかの意図があってこの縁談を咲弥に寄越したに違いない――。

と、そこまで思考を巡らせ、咲弥ははたと思い出す。

（人魚の血の娘……そう、言っていなかったか？）

具合が芳しくない祖父が、どうしても受けてほしい縁談があると言っている。咲弥が帰国を決めたのは、そう聞かされたからだ。

そうして帰郷したその足で祖父に会いに行き、縁談の相手について言及した際、

『私の代で悲願が成就する。こんなにもうれしいことはない。……咲弥、天水家のお嬢さんは、私がずっと探していた人魚の血の娘だ。そして、お前は人魚の血の娘と結ばれねばならぬ運命にある』

かすかに涙ぐみながら、祖父は言った。

ただ、『悲願』や『運命』という言葉を、咲弥は八年前からとうに聞き飽きていたため、たいして気に留めなかった。

人魚の血の娘と、人魚の血という毒薬、人魚の涙と呼ばれる万能薬。それらと繋がりのありそうな天水家。

短くなった煙草を灰皿に押しつけ、考え込む咲弥を見て、深介は嘆息する。

「咲弥。義理堅いのは結構だが、それで己の身を滅ぼしては元も子もない。とにかく、天水家との縁談は考え直せ。お前だから、俺もここまで言うんだ」

友人の鬼気迫る態度は、咲弥の心を揺らがせる。

掌中のグラスの、生のままの洋酒は残り少ない。けれど、咲弥はまったく酔いを感じていなかった。

そもそも一度たりともまともに酔えたためしがない。どんなに酒精の強い酒を飲んでも、水を飲んでいるのと変わりないのだ。

そう、八年前、咲弥を取り巻く環境が一変したときから、この友人が案じてくれていることはよくわかっていた。

「……心配はありがたく受けとっておく。厄介に巻き込まれないよう、用心もする。だけど、やっぱり縁談を断ることはできない」

「なぜ」

「僕が縁談を受けると決めたとき、祖父さまが涙を浮かべて喜んだから。あの人が涙ぐむところなんて、初めて見た。恩人のそんな姿を目の当たりにして、期待を裏切るなんてよほどの外道でなければ無理なんじゃないかな」

「とんでもない醜女《しこめ》という話があるぞ、天水家の令嬢は」

「へえ、そう」

相手の容姿など、咲弥にとって判断を覆す要因にはなりえない。おざなりな返事をした咲弥に、深介は声を荒らげる。

「へえ、ではない。ばかげている。お前は異国の地に心を置いてきたのか？　今のお前の態度は、ただ考えるのが面倒で祖父の言いなりになっているようにしか見えん。苦労するのは、お前だぞ」

「祖父さまにせめてもの恩返しをしたいという気持ちが、それほど変だろうか」

「恩返しなら、別のことにしろ。人生を棒に振るようなことをするな」

どうにもこの日の二人は平行線だった。咲弥は、深介の言い分も正しいと思っているし、かといって自分が間違っているとも思っていない。

その後、咲弥と深介は、気まずいまま別れた。


(あの子が、人魚の血の娘……)

初めて顔を合わせた天水朝名は、深介が言っていたような『醜女』ということはなかったが、美しいとは言えなかった。

白粉や頰紅を塗っても誤魔化せていない、血色のないやたらと青白い顔。華奢な身体つき。振袖からのぞく肌や、結び流しの髪も若い娘にあるまじき艶のなさ。

さながら、無理をして屍に華美な衣装を着せたようであった。

ただし、父親である天水光太朗にはいい印象を抱かなかったが、娘の朝名本人の印象は最後の最後で覆った。

(それに)

ずっと考えていた。

祖父の、『お前は人魚の血の娘と結ばれねばならぬ運命にある』という言葉。深介から聞いた天水家と人魚について。

もし、人魚の血の娘である朝名が、咲弥の背負う『運命』と関係があるのなら。咲弥のこの身体のことも何かわかるかもしれない。
そうしたら、元の自分に戻る手段も……あるいは。
咲弥はわずかな間、目を閉じて、再び開けると歩き出した。

二章　先生と人魚の花苑

まるで、縁談などなかったみたい。

朝名はぼんやりと、教科書に印字された文字列をただ目で追いながら、そう思った。

前方の教壇には、美しい男が立っている。

週明け、この日から朝名たちの国語の授業の受け持ちが、咲弥になった。

彼が教室に入ったときの反応は、それこそ、常軌を逸していたといっても過言ではない。

授業開始の鐘が鳴り、静かに教室の引き戸が開いた瞬間、全員が息を呑んだのを確かに感じた。

圧倒的な存在感、とでも言おうか。

滑るがごとく、優雅に歩む咲弥に、女学生たちの視線はたちまち釘付けになった。

事前に間近で言葉を交わしたことのある朝名でさえ、教室であらためて見る咲弥の風采に、目を奪われてしまったほどだ。

『初めまして、皆さん。僕は時雨咲弥と言います。休職された富田先生に代わり、今日から皆さんの国語を受け持つことになりました。どうぞ、よろしく』

にこやかに自己紹介した咲弥に、乙女たちがうっとりと目を潤ませたり、頬を紅潮させたりしている様は噂と違わず、人気役者の舞台の客席にでもいるようだった。

あの美貌である。

さらに人当たりの良い微笑など向けられたら、頭がふわふわしてしまうのもうなずける。

（あの人が、私の結婚相手になっただなんて）

宣言どおり、朝名は学校では彼に対し、いっさいかかわりないふりをすることにした。だから、あまり目を合わせないよう、皆とは逆に、黒板や教科書だけを眺めている。

「皆さんも知ってのとおり、この作品は中世の女流歌人による紀行文であり――」

ああ、でも、彼は声まで艶があって美しい。低く、柔らかい声に、つい聞き惚れてしまう。

正直なところ、咲弥を直視するとどきどきしてしまうのと、彼との縁談が周りにばれやしないかという心配とで、落ち着かない。

朝名は必死に視線を逸らし続け、なんとか授業の終わりまで耐え抜いた。

そして、鐘が鳴ると同時。

朝名が大きく息を吐き出す間に、教壇へ少女たちが殺到し、あっという間に咲弥は取り囲まれてしまっていた。

「先生、教科書の記述でわからないところが」

「時雨先生、放課後のご予定は」

「休日は空いていらっしゃいますか」

「先生はご結婚されていらっしゃらないのですか」

まさに質問攻め。授業に関することから私的なことまで一斉に訊ねられ、さすがの咲弥も笑顔が引きつっている。あれをすべて捌くのは骨が折れるに違いない。

朝名は離れたところから、その様を杏子と眺めた。

「大変そう。まるでスタァね」

思わずつぶやいた朝名に、杏子もくすり、と笑いを漏らした。

「本当に。人気者ね、相変わらずだわ」

「……相変わらず？　ああ、杏子さんは、先生と以前からお知り合いでしたっけ？」

どきりとして、訊ねる。

朝名としては、咲弥との縁談を皆に秘密にしておくつもりだった。

あれほどの人気だ、朝名と許嫁同士だなどと下手に噂になったら、恨まれてしまうかもしれない。

ただ、もし、杏子が咲弥と旧知の仲だとしたら、縁談のことを知られてもおかしくない。杏子ならばやたらと言いふらしたりはしないだろうが、万が一ということもある。

杏子は小さくうなずく。

「家同士が、だいぶ昔から縁があるの。それで咲弥さんが洋行される前までは、たまに会って話したり、遊んだりしてもらったのよ」

「そうなの……」

「時雨と日森は、姻戚関係になることもしばしばなのよ。だから――」

そこで言葉を切った杏子の視線は、じっと乙女たちに囲まれた咲弥を見つめる。彼女のその目つきに、朝名の胸がざわついた。


朝名がひとり葛藤している間に、一日が終わる。普段より、やけに長い一日だった。

(今日こそは、あそこへ行かなくっちゃ。いい加減、癒しが必要よ)

終業の鐘が鳴るやいなや、朝名は皆に声をかけられる前に手早く荷物をまとめ、急いで教室を抜け出した。

まだ人のまばらな廊下を進む。

(いい天気。……でも)

正面玄関で傘立てから薄紫の傘をとり、外に出て、校舎の裏手に回る。

夜鶴女学院が建てられる前、この付近一帯は田畑や林があるだけだった。

それが十数年前、学校を創設するにあたり、一円の広大な土地としてまとめて借り上げられて、今の校舎が建てられたのだ。

その土地の名義人に、天水家も名を連ねている。

これから向かうのは、朝名しか足を踏み入れない秘密の場所。『人魚の花苑《はなぞの》』だ。

人魚の花苑は、天水家が夜鶴女学院に貸している土地の一部である。

が、学院建設の際に、工事をしようとすると必ず事故や機械の故障といった不幸が立て続けに起きる、などと曰くがついた。よって現状、ほぼ手つかずで人目につかないよう隠されている。

誰もいない校舎脇の日陰を歩き、朝名はある植え込みの前で立ち止まった。

向こう側を覆い隠すように、濃い緑の葉が生い茂る椿の木。その枝を少しばかり手で避け、下生えを踏んで潜り抜ける。

その先は道、というほど広くない。人がひとりかろうじて通れるくらいの、木々の隙間を、朝名は行く。

すると、二十歩もいかないうちに、視界が開けた。

さらさらと、細く水の流れる涼やかな音が耳朶《じだ》に響く。

季節外れの花が咲き誇る、背の低い椿の花木に囲まれた円形の土地は、中央が浅く池になっており、さらにその池の中央には小さな祠《ほこら》が浮かぶように建っていた。

「やっぱりここは、私だけの楽園ね」

数日ぶりに訪れた秘密の花苑は、息を呑むほど美しい。

朝名は池に近づくと、まず草地に鞄と傘を置く。次に革靴と足袋を脱ぎ、濃藍の袴の裾を膝までたくし上げて池に入った。

足首までの、ひやりとした水の感触、足裏をやわやわとしたぬかるみが包む。

澄んだ池の中を祠の前まで歩く。台座の下の石垣に上がって、袴の裾が濡れないよう、慎重に腰かけた。

（落ち着く……）

時折どこからか響いてくる、郭公《かっこう》や時鳥《ほととぎす》の囀《さえず》りが水音と重なり、耳に心地よい。

初夏の熱のこもった夕日が差して池の水面が揺れ煌《きら》めく様は、いつまでも見ていられる。

「ずっと、ここにいたい」

家にも帰らず、縁談のことも考えず。

ただこうしてここにいられたらよかったのに。

ここにいるかぎりは、友人たちと自分とが異なること、朝名に流れる血の秘密が知られることもない。

絶対に秘密を知られるまいと気を張る必要も、優等生でいる必要もないのに。

――『人魚の血の娘』。

天水家の血筋に生まれる特別な少女――即死するようなものでないかぎり、どんな怪我でもすぐに治癒し、あらゆる病に罹らない特別な血を持つ娘を、代々そう呼んだ。

いつ頃からかはわからないけれど、少なくとも、天水家が薬を扱う商売をし始めた武士の世より前にはもう、そういった奇妙な女児が生まれていたという。

彼女らには、例外なく左手首に痣が浮かぶ。朝名が消したいと願った、鱗に似た模様のあの痣が。

歴代の人魚の血の娘の末路は、たいてい、ろくなものではない。

忌み嫌われ、一生を座敷牢に閉じ込められて正気を失った者、見世物にされた者。玩具のように全身を切り刻まれて弄ばれた者、幾度も売り飛ばされて行く先々で切られ、刺され、焼かれ、最期には首を落とされた者。

特殊な殺し方をされる以外には、常人よりゆっくりと老いて死ぬほかない人魚の血の娘は、同時に二人以上は存在しない。朝名の前は父の叔母、朝名の大叔母に当たる人だった。

大叔母は痣が出たときから座敷牢に閉じ込められ、家の繁栄のため、その身体を利用され続けた。

そうして四十をいくらか過ぎた頃、血の効果が薄れてきたために、兄である祖父の手で首を落とされて生涯を終えたのだ。

朝名に痣が浮かんだのは、八歳のときだった。

怪我や病では決して死なない『化け物』となってしまった朝名は、それをなんとか押し隠そうと努め、手の痣をレースの手袋で覆って生きてきた。

「まさか、あの方との縁談が持ち上がってしまうなんて」

人魚の血のこと、家のこと。縁談のこと、そして、咲弥とのこと。早く彼を解放しなくてはと思うのに、その方法がわからない。

（いっそ、先生に嫌われてしまえば……いいえ、だめだわ）

いくら縛りつけたくないからといって、たとえ短い間でも彼を不快にさせるのは耐えがたい。

また、そのような振る舞いは光太朗も浮春も許しはしないだろう。

もっと、父や兄も、咲弥も、皆が納得する方法でなければ。

（お父さまとの約束はあてにならないし、そんな方法は、ないわ）

何しろ、朝名以外の全員が縁談に乗り気なのだ。完全に、八方塞がりだった。

朝名は膝を抱え、嘆息する。そのとき、ふいに、茂みが揺れた。

「え」

人魚の花苑は、誰も近づかないはずの場所。今まで自分以外の誰かが入ってきたことなど、一度もなかったのに。

朝名が固唾を呑んでいると、姿を現したのは。

「ここは……？」

「先生？」

すらりとした長身に、艶やかな黒髪。初めての客人はまぎれもなく、今の今まで朝名が思い浮かべていた、咲弥本人だった。

「君……朝名さん」

咲弥も朝名に気づく。次いで、その視線は池の水面へ移った。目を丸くしている彼はどうやら何も知らずに、偶然ここへ来てしまったらしい。

しかしそれにしても珍しいことだ。ここへの入り口は椿の木でほとんど塞がれて、枝を手でどかさなければ、目にも入らないのだから。

まさか迷い込んでくる人物がいるとは、思いもよらなかった。

「なんなんだ、いったい」

しきりに辺りを見回す咲弥に、朝名は少し可笑しくなって、微笑しながら石垣を下りる。再び池の中を進んで、草地に上がった。

「ここは、人魚の花苑です。先生」

「人魚の……花苑？」

朝名は小さくうなずき、池の中央の祠を指し示した。

「はい。学校に天水家が貸している土地の一部なのですが、あの祠を動かそうとすると必ず事故が起こるのであきらめて隠され、忘れ去られた、曰くつきの場所なのです。だから、私以外にここに入ってこられた方は、先生が初めてですよ」

家でも学校でも気の休まらない朝名が、唯一、独り占めできる憩いの場。

他の人に見つかって、もしも踏み荒らされてしまったら非常に不愉快になるだろうと思っていた。自分の心の中に、他人が土足で入ってくるような、そんな気分になるだろうと。

けれど、咲弥の姿を見た途端、湧きあがったのはほのかな喜びだった。

（ああ、私にとってやっぱり先生は特別なのね）

昔、朝名を見つけてくれた咲弥になら、秘密の場所を知られてもいい。ひとりが、二人になってしまってもいい。

「先生は、どうしてこちらに？」

「通りがかったとき、なんとなく枝の茂り方に違和感があって気になって……君はいつもここに？」

「はい。お気に入りの場所ですから。私しか、来ませんけれど」

「へえ。でも、確かに美しい場所ですね」

咲弥に褒められると、自分のことのように朝名はうれしくなった。

「天水家の土地……人魚の花苑……」

咲弥はなにやら、難しい表情で考え込んでいた。そして、わずかな逡巡ののち、朝名の顔を見る。

「朝名さん。授業のときから気になっていたのですが、昨日の怪我はもう平気なんですか？」

「え？」

「お父上に、強く、その、殴られていたでしょう。かなりひどい傷だと思ったのですが、今日になったら残っていないように見えたので」

「あっ……」

咲弥が驚くのも無理はない。光太朗に杖で殴られたあの傷は、普通だったら腫れ上がり、大きな青あざになる。唇の端も切れていた。

ところが、人魚の血の娘たる朝名には、その痕がない。

通常、数日かかって治る傷も、人魚の血の娘は遅くとも数瞬ののちに治ってしまうから。

切断面の綺麗な切り傷なら瞬時に塞がり、ずたずたに裂かれた傷や打撲、火傷はやや治りが遅いなど、傷の種類によって多少の差はあるけれど。

朝名にとっては当たり前のことだったので、失念していた。

「え、ええと、それは……おかげさまで存外、早く治りました。ご心配いただき、ありがとうございます」

「それなら、いいのですが。すみません、あまりに綺麗に治っているので」

言ってしまおうかと思った。自分が、首を斬り落とされたり、頭を潰されたりするような、即死の怪我でないと死なない化け物であると。

けれど、言ったところで信じてもらえないだろうし、咲弥に気味悪がられると想像したら、あの大切な記憶さえつらいものに変わってしまいそうで、怖い。

できれば、何も知られないまま、他の理由で、互いに笑顔で彼とは別れたい。

(私、すごく勝手なことを望んでいる)

心も身体も醜くて。

こんな己を隠したがるのもまた勝手で、嫌いだ。家も嫌い、自分も嫌い。恥ずかしさとやるせなさばかり、湧いてくる。

「でも、よかった」

咲弥の微笑みに、朝名の視線は吸い寄せられる。

「君の顔に、傷痕が残らなくて」

細く、長くて形のいい咲弥の指が、朝名の頬に伸びてくる。

頬に触れられたら、ひどく熱くなっているのがばれてしまう。朝名は慌てて顔を背けた。

「は、はい」

朝名の胸は否応なしに高鳴った。咲弥の仕草は女性の扱いに慣れているようだ。まさか、わざとだろうか。

おそるおそる見上げた彼の面持ちは、実に涼やかである。

「それにしても」

咲弥はあたりを見回して呟いた。

「天水家はずいぶんと、人魚という語に縁があるらしい。『人魚の花苑』に『人魚の涙』……」

彼の口調は最初と比べて幾分、砕けたものになっていた。それはどこか、朝名の記憶にある彼の印象と重なる。

「そうですね。天水家の先祖に、八百比丘尼《やおびくに》がいると言われていますから」

「まさか。本当に？」

驚いて振り返る咲弥に、朝名はうなずく。これは天水家に伝わる、正真正銘の事実だ。

特に隠してもいないし、話してしまっても問題ないだろう。

「八百比丘尼のお話はご存じですか？」

「はい、もちろん」

八百比丘尼は、人魚の肉を食し、八百年生きたとされる女性である。

大昔。とある漁村で漁師たちによって人魚が捕まえられ、その肉が珍しいからと宴会の場で供された。ところが、人魚の姿かたちが人に似ているのを見てしまっていたため、気味悪がって誰も箸をつけない。

仕方なく、宴会に参加した男たちは人魚の肉を家に持ち帰る。

村の長者も同じく肉を持ち帰った。それを、彼の娘がこっそり隠れて食べてしまう。

人魚の肉を食べた娘はその後、何事もなく嫁に出された。しかし、夫は老いていくのに、彼女はいつまでも若いまま。

彼女は実家に戻され、また別の男の元へ嫁いだが、そこでもまた、彼女だけが変わらない。

長い年月の果てに、ついに帰るところを失った彼女は、尼となって諸国を巡る旅に出るのである。

「伝承では、八百比丘尼は夫との間に子を成さなかったとされます。でも、実はそうではなかったらしいのです」

「その子の末裔《まつえい》が、今の天水家？」

「はい」

人魚の血の娘の存在こそ、先祖に八百比丘尼がいた証明。

人魚の肉は不老不死の霊薬だ。

だから、それを食らった八百比丘尼は死なずに、八百年もの歳月を生き続けた。

天水家に生まれる人魚の血の娘の、傷がすぐに治り、病にも罹らない異常な体質は、明らかにそこから受け継がれたものだ。

さすがに人魚の肉を食べた本人ではないので、本物の不老不死ではないものの。

「なるほど、天水家は人魚と縁があるわけか」

咲弥の言葉を、朝名は苦々しく聞いていた。

人魚との縁。朝名にとっては、何も喜ばしくない縁である。そんなもの、ないほうがよかった。普通の、平凡な女として生きたかった。

「朝名さん？」

自分は今、どんな顔をしていたのか。上手く、笑えていなかったかもしれない。咲弥に名を呼ばれ、我に返る。

「も、申し訳ございません、先生。その」

「いや、天水家と人魚のお話、とても興味深かった。ありがとう、朝名さん」

そろそろ行かないと、と咲弥は時間を気にする素振りを見せた。ポケットを探り、懐中時計を取り出す。

その拍子に、一緒に何かが転がり出た。

草の上に落ちた何かは、ころり、ころり、と幾度か回転し、朝名の足元で止まる。

「先生、何か落ちました……よ」

朝名は拾い上げてみて、固まった。それは、小さな鈍色をした円形の缶。この中身を、朝名はよく知っている。

「これ……」

「あ、ごめん」

呆然とする朝名に、咲弥は頰をさっと朱に染める。これまでの、大人っぽく涼しげな顔つきとは打って変わり、動揺が滲んで少し幼い印象だった。

「昨日の君の傷がひどそうだったから、膏薬が必要かと思って、つい。でも、よく考えたら君の家は薬問屋なのだから、今さら薬なんていらないよね」

深く息を吐くとともに、咲弥は恥ずかしそうに手を額にやって、目元を隠す。

「僕、すごく格好悪いな……」

鈍色の缶に入った膏薬。他でもない、朝名が昔、咲弥に塗ってもらったものと同じものだ。

喜びのような、懐かしさのような——でも、ほんのわずかに、悲しいような。

複雑な思いが喉元に熱くせり上がってくる。

「格好悪くなんて、ありません。……ありがとう、先生。ごめんなさい」

それしか、言えない。胸が詰まって、言葉が出てこなかった。この感情が何なのか、どうしたらよいのか、朝名には見当もつかなくて。

せめてもの思いで、精一杯の笑みを浮かべた。

「朝名さん？」

深呼吸を数回。喉の熱さを飲み下して、朝名はわざと明るい声を出した。

「先生。では、私からもお渡ししたい物があります」

「え、いや、今のは――？」

朝名はそんな彼の疑問には答えず、強引に話を変え、持ってきていた自分の傘を差しだした。

「傘？」

「はい。ぜひ、使ってくださいな。私は家の者の送迎があるので、なくても構いません」

「でも」

もの言いたげに咲弥が空を見上げる。

ところどころに白い雲が浮かんでいるものの、真っ青で、とても雨など降りそうにない空だ。それに今日、朝名のほかには傘を持ち歩いている者などひとりもいなかった。

「お帰りの頃には、必要になると思いますから。どうぞ」

朝名が言うと、咲弥は眉を顰めて空と微笑んだ朝名の顔とを見比べる。

結局、彼は訝しげにしながらも、「じゃあ、借りていくよ」と言い、朝名の傘を持って去っていった。

「お気をつけて」

その背に小さく手を振り、朝名は軽く息を吐く。

先ほど溢れ出しそうになった感情は、いつの間にか溶け消えて、呼吸が楽になった気がした。

◆

——八年前。

忘れもしない。朝起きたときから人生が一変した、あの日のことは。

当時、津野《つの》咲弥は母の津野羽衣子《ういこ》と二人、山手の外れの住宅街にある小綺麗な文化住宅に住んでいた。

咲弥は華族である時雨家の血を引いていたものの、母が時雨家当主、時雨厚士《あつし》のいわゆる妾であったため、ただの妾の子にすぎなかった。

しかし別段、その境遇を不幸に感じたことはない。

なぜなら、厚士にはまったく見向きもされなくても、先代の家長であり、咲弥の祖父にあたる時雨濱彦が咲弥たち親子を気にかけ、陰で支援し続けてくれたからだ。

おかげで、咲弥は片親しか持たぬ身でありながら、並みより余裕のある暮らしができていた。

もっともわかりやすいのは住まいで、洋裁で生計を立てていた母には到底住めない家に、祖父の計らいで住むことができていたのだ。

咲弥にとっての家族はただ母と祖父の二人だけだ。父や時雨家などには興味もなく、咲弥は幸福に生きていた。

それが一変したのは、ある日のこと。

朝、いつものように起床し、学生服に着替えていたところ、身体の不調に気づいた。

『なんだ……これは』

全身がだるくて熱っぽく、頭がぼんやりする。胸の、ちょうど心臓の上あたりが燃えるようにひどく熱い。

見れば、胸の熱い場所が火傷したように、真っ赤になっていた。

初めは何かにかぶれたかと思い、放っておくことにしたが、朝食の頃には身体のだるさが顕著になり、起き上がっているのがつらくなった。

『風邪かしらね』

母の言葉に、咲弥は同意しかねた。

症状としては確かに風邪に似ている。けれども、この心臓のあたりの熱さだけは、風邪とは大きく異なっていた。

その日のうちに医者にもかかったが、診断もおそらく風邪だろうと曖昧なもので、薬を飲んでもまったく効かず、咲弥はしばし寝込むこととなった。

そして――気づけば、胸の赤い部分が花模様に似た痣になっていた。

『咲弥。具合が良くないようだな』

『はい……胸に、痣のようなものが』

痣の正体は、すぐに明らかになった。

数日後、見舞いに来てくれた祖父に事情を説明すると、祖父が驚きと感動を顔じゅうに表し、異様なまでの反応を見せたからだ。

『それは、その痣は、言い伝えにある生まれ変わりの――』

どうして、咲弥だったのだろう。

年月にして千年近く。長く、長く続いてきた時雨の血筋、男子など無数に生まれ、死んでいった。その誰でもなく咲弥が選ばれた理由は、皆目わからない。

祖父によると、時雨家はその昔、一国一城の主であった。そして歴代のうち、なんと二百年もの長きにわたって生き、国を治めた時雨家の長がいたのだという。

『花の痣は、彼の想いを受け継ぐ証。お前は、選ばれたのだ。……よもや、私の代でこの証を目にすることができようとは』

感極まる祖父の様子に、咲弥は呆然とすることしかできなかった。

祖父は元来、西洋の新しい文化や変化してゆく帝国を受け入れながら、歴史や伝統を重んじる人だ。古臭い、と誰も見向きもしなくなったような、時雨家に代々伝わるしきたりや風習などにも精通し、大事にしている。

その祖父がこれだけの反応をするのだから、痣がどれほど重要なものであるかはよくわかる。

しかし、咲弥はついていけなかった。

ただ、祖父にとって咲弥が今までよりもさらに特別な存在になったことだけは確かだった。

それからは、咲弥の意に反して物事が進んだ。初めは緩やかに、だんだんと加速して。

咲弥が、伝説の長の生まれ変わりらしい。

どこから漏れたのか、噂はあっという間に時雨家の親族の間に広まった。すると、彼らはこう考えた。

――もしかしたら、先代が、咲弥を次の家長に推すかもしれない。

無論、決定権は当代である咲弥の父、時雨厚士にある。さらに、厚士と正妻の間には嫡男がおり、妾腹かつ次男の咲弥に出番などあるはずもない。

だが、もしかしたら、という可能性は確実に生まれた。

家長の座を退いてなお、祖父の発言力は強く、彼の望みで咲弥が戸籍を移すことになったのだから、なおさらだ。

当然のことながら、籍の移動に厚士は猛反対した。

けれども、結局は祖父の意向を無視できず、不穏分子となった咲弥を己の目の届く範囲に置き、監視することにしたようだった。

咲弥は時雨家の屋敷で暮らすことになった。

拒否は、受け付けてもらえなかった。

何もかも、変わってしまった。姓も、家も、立場も――己の身体さえ。

『僕は、ここにはいたくない』

時雨家で咲弥が過ごした時間は、ごくわずかだ。だが短くとも、かの家での日々は悪夢だったと言っていい。

咲弥を飼い殺しにするつもりしかない父親。

敵意を向けてくる義母と異母兄。

手のひらを返して咲弥に阿《おもね》るようになった親族や学友。

今までさんざん妾の子だと見下してきたくせに、言い寄ってくる女たち。

まとわりつく、『悲願』や『運命』といった曖昧な言葉。

ひたすら孤独だった。それでも、味方になってくれそうな者には真剣に向き合おうと努めたが、報われることはなかった。

裏切られた。何度も、何度も、何度も。信じようとしては、心を踏みにじられる。耐えられなかった。

だから、逃げたのだ。祖父の手を借り、異国の地へ。

周囲がすべて敵に見え、誰も信じられなくなるのが、つらかった。自分が自分でなくなってゆく、その感覚が怖ろしくてたまらなかった。


咲弥が教員室での事務仕事を終え、吸っていた煙草を灰皿に捨てて校舎から出る頃には空は鼠色に染まり、大きな音を立てて雨が降っていた。

湿気を含んだ独特の匂いが鼻をかすめていく。

（本当に降った……）

半ば唖然としながら、握った洋傘に視線を落とす。

装飾のない素朴な薄紫の洋傘は、男が使うには小さいけれど、さほどおかしいわけでもない。

『……ありがとう、先生。ごめんなさい』

妙に印象に残る彼女の寂しそうな笑みと、礼と、謝罪。どうして、こんなにもあの娘の振る舞いが気になるのか、咲弥自身にもわからない。

けれど、ふいに頭の奥底に沈んでいた記憶の断片が浮き上がって、意識の表面をかすめる。

『……いいの。わたしはもう』

あれは、いつのことだったか。

つかみどころのない、霞のように儚い記憶を振り払う。

代わりに人魚の花苑で朝名から聞いた話が、咲弥の頭の中で大きく渦を巻きだした。

「八百比丘尼ね……」

気になる。八百比丘尼といえば、人魚、そして、不老不死。

八百比丘尼の子孫である人魚の血の娘が、咲弥の運命の相手であると告げた祖父の真意は、いったいなんだったのだろう。

そもそも朝名は、人魚の血の娘とは、何なのか。特別な何かがあるのだろうか。

自分の、この身体のように。

（このまま、天水家とかかわっていればわかるかもしれない）

思案しつつ、朝名に借りた傘をありがたく使わせてもらい、咲弥は停留所まで歩き、乗合自動車《バス》で帰宅した。

咲弥の母――羽衣子が住む家だ。

咲弥は洋行から戻ったあと、時雨家ではなく母の家に住んでいる。祖父のことは心配だったが、時雨家には一秒たりとも居たくなかった。

父もどうやら、いったん異国の地まで逃げた咲弥を今はまだ、さほど警戒していないようで、うるさく言ってはこない。

（……ただ、おかげで祖父さまに話を聞きたくても、迂闊に近づけなくなったけれど）

時雨家で暮らさないのは、父に対する敵意がないことの表明でもある。

だから、軽い気持ちで時雨の家を訪ねようものなら、痛くない腹を探られ、下手をすればあらためて敵に認定される可能性すらあった。

そうなった場合のことは、想像もしたくない。

「ただいま」

「おかえりなさい。すごい雨だったでしょう。あら、どうしたの。その傘」

玄関から中に入ると、割烹着姿で出迎えた羽衣子が、首を傾げる。

「ああ、借りたんだ。朝名さんに」

「え⁉　朝名さんって、あの朝名さん？　あ、いいえ、私は会ったことないけれど、その、あの、お祖父さまがあなたの相手にと言って、あなたと結婚してくださるという、あの朝名さん？」

「結婚してくださるって……母さん、落ち着いて。その朝名さんだ」

苦笑してたしなめる息子に、母は「まあ」と喜色満面になった。

「生徒さんなのよね？　どんなお嬢さんなの？」

「……どうだろう。まだ、あまり心を開いてもらえていないけれど、たぶん優しい子なんじゃないかな」

「よかったわね」

「まあ、そうだね」

「傘を貸し借りするほど親しくなったのだものね。すごいわ。いいわね。若いっていいわ。うらやましいわ。私が照れちゃう」

羽衣子は興奮した様子で居間に戻っていく。傘の貸し借りくらいで大仰な、相変わらず明るい母である。

母にはああ言ったが、心を開いていないのは咲弥も同じ。祖父への返しきれない恩のため、ただそのためだけに受けた縁談である。

（後悔は、していない。でも）

どうも、朝名の陰のある、作り笑顔が頭から離れない。

義理を優先して縁談を受けたのが後ろめたいような、申し訳ないような、何とも言えない気持ちだった。

『お前、そんなことが許されると思うのか。せっかく漕ぎつけた、良縁だというのに』

天水家当主のあの怒声から察するに、もしかして、朝名は咲弥との結婚を望んでいないのではないか。

そんな考えが頭をよぎる。

「咲弥さん。ご飯よ」

玄関でぐるぐると考え込んでいた咲弥に、羽衣子が居間から顔を出し、声をかけてくる。

「今行く」

「あ、そうそう。そういえば、あなたに伝えなくっちゃいけないことがあったわ」

「ん？　何？」

「あなたが帰ってくる前に火ノ見さんがいらっしゃって。話したいことがあるから、今度はビヤホールにでも誘うっておっしゃっていたわ」

別にバーでもビヤホールでもどこでもいいのだが。

「あいつ、暇なんだろうか」

どう考えても、話とは先日の続きだろう。

深介の考えはきっと変わっていないだろうし、咲弥は朝名に会って、ますます縁談を失くしてはいけないような気持ちになっている。

再び水掛け論を繰り広げるのかと思うと、憂鬱だ。

「まったく……こんなことになるとは思わなかったな」

素直に友の結婚を祝福する深介の姿も想像できないけれど、まさかあれほど反対されるとは思いもよらなかった。

彼の主張が、咲弥の身を案じてのことであるのがわかるから、なお、たちが悪い。

「それとね」

ため息を吐く咲弥に、羽衣子が追い打ちをかける。

「時雨の家から連絡があったのよ。日森の家の杏子さんが、明日の朝、咲弥さんと一緒に学校に行きたいんですって」

「杏子さんか……」

厄介が服を着て自分の前で列をなしているかのようだ。

こちらもあまり聞きたい名前ではなかったので、咲弥は天を仰いだ。

（人魚の花苑で過ごしていた時間が、一番、落ち着いたな）

短い時間だったものの、喧騒から離れた清々しく、閑《しず》やかな場所と、必要以上に踏み込んでこない朝名との会話は、ひどく安らいだ。話していて疲れないのだ。

天水家のことを考えれば頭が痛いけれど、彼女とは案外、相性がいいのかもしれない。

このときの咲弥は呑気にそのようなことを思っていた。

三章　好きなもの、嫌いなもの

使い古しの、やや萎んだ布団で目覚めた朝名は、頭と身体の重さにこの日も顔を顰《しか》めた。

格子の嵌まった明かり障子の窓から差す日は雲に隠れ、ほんのりと明るい程度。その薄闇の中を、朝名はどうにか起き上がり、身支度を始めた。

家の裏の流しから桶に汲んできた冷水で顔を洗い、薄く化粧を施す。

血色のない、血管すら浮き出て見えそうな青白い肌も、かさついて色の悪い唇も、白粉と紅でいくらかましになる。

長い黒髪は丁寧に櫛で梳《と》かし、二本の三つ編みを結う。それを頭に巻きつけるようにして留め、いつもと同じガバレットに。

寝間着を脱ぎ、裸足に足袋を履く。着物は白に近い淡青の地に、小花柄の散る単衣。そして、夜鶴女学院の制服として定められている濃藍の行燈袴を穿き、両手にレースの手袋を嵌めたら出来上がりだ。

最後に鏡台をのぞくと、そこには死人のごとき、陰鬱な面持ちの女学生が映っている。

朝名はその顔を見ながら、にこり、と冴えない笑みを作った。まあまあだ。きっと、学校に着く頃には、もう少し自然な表情になっているはずである。

学院から少し離れた場所で自家用車を降り、重苦しい曇天の下、朝名は歩きだす。

周囲には、朝名と同じく歩いて登校したり、自転車を走らせたりする女学生が多くいた。

その中で、前方に気になる後ろ姿を見つけ、あ、と思う。

(先生だわ)

咲弥は見合いの席で初めて会った日からこれまでずっと、隙のない洒落た洋装だったのに、今朝は趣のある和装であった。

白い立襟のシャツの上に爽やかな松葉色の長着、それから袴を身につけている。

洋装も似合っていたが、やはり肩に流した真っ直ぐな咲弥の美しい黒髪に、和装はよく映える。

(ただ歩いてらっしゃる姿も素敵な人ね。美丈夫は何を着ても様になるのかしら)

朝名はそんなことを考えつつ、しかし、彼の隣にひとりの女学生が並んで歩いているのに気づいて目を瞠る。

「あれって、杏子さん？」

何やらうなずいている様子の咲弥に、隣の女学生が微笑みを返している。

その横顔は、まぎれもなく杏子のものであった。

咲弥とは旧知の仲であると言っていた彼女だが、あれだけ人気で話題の中心である咲弥と仲良く登校とは。

「やっぱり、そういう関係なのかしら……」

「時雨先生のことですか？」

独り言のつもりだったのに、突然すぐそばで聞き返され、朝名は仰天して横を見た。

「と、智乃さん」

今日も、朝名を慕ってくる後輩は子兎のように愛らしい。朝名は、跳ね上がった心拍を落ち着けながら、わざとらしく不満げな顔をする。

「驚いたわ」

「ごめんなさい。急に話しかけてしまって」

「智乃さん？」

「いつもしつこく付きまとって……お姉さまも迷惑ですよね」

智乃がしおれた花のように落ち込むので、朝名は慌てて言い繕った。

「いいえ。本当に驚いただけで、怒っていませんし、迷惑だとも思っていません」

するとく、智乃はにっこりと微笑み、よかった、と声を弾ませる。もしかして、怒ったような態度をとった朝名に対して、彼女もわざと落ち込んでみせたのだろうか。

（末おそろしいわ……智乃さんは将来、魔性の女になるかもしれないわね……）

呆気にとられる朝名をよそに、智乃はあどけない所作で首を傾げた。

「それで、お姉さま。もしかして、お姉さまも時雨先生にご興味がおありですか？」

智乃に訊ねられて、朝名は「いいえ、そういうわけでは」と曖昧に答える。すると、智乃は惚れ惚れするような笑みを浮かべた。

「まあ。安心いたしました。お姉さまがあのような、女たらしに惑わされなくて」

「女たらし……？」

「そうに決まっています。あのお方、聞くところによると、いくつもの浮名を流していらっしゃいますのよ。おまけに、教師とあろうものが学生とあのように親しげに接して……きっと若い娘目当てで教師になったに違いありません」

「浮名……」

その噂は知らなかったし、また、智乃の言い分はとんでもない偏見だが、朝名もそれを訂正できるほど彼を知っているわけではない。

「ですが、お姉さま」

「お姉さまが時雨先生をものにしたいとおっしゃるのならば、この湯畑智乃、持てるすべてで助力いたします。わたくしの好みより、お姉さまのご意思のほうが大事に決まっていますもの」

「なんでしょう」

胸を張る智乃を見て、朝名は苦笑する。

杏子と並んで歩く咲弥を見てから、胸の内におぼろげに立ち込めていた靄《もや》のようなものは、いつしか霧散していた。


この日もすべての授業が終わるとすぐさま、朝名は教室を出た。

ついさっき、授業中に思い立ったのだが、今日は人魚の花苑でしなければならないことがある。

朝名は校舎裏の倉庫からこっそりと、剪定鋏《せんていばさみ》と小さな木製の踏み台を持ち出し、人魚の花苑へ。

この日は薄曇りで暑すぎず、作業にはちょうどよい気候だった。

「よいしょ」

さっそく、池と祠を隠すように立っている椿の木のそばに踏み台を置き、その上に昇ってぱちり、ぱちり、と小枝を切り始める。

本当ならもう少し早く剪定をするべきなのだが、すっかり忘れていた。

人魚の花苑とは、もともと、歴代の人魚の血の娘の亡骸を焼き、灰にしたものを葬ってきた場所だ。

天水家にとっては、繁栄の裏に隠された長年の罪と穢れの象徴であり、忌むべき地。

よって、いつもこの地に足を踏み入れるのはその代の人魚の血の娘くらいだったらしい。

最近になって、責任放棄しようとして天水家はこの土地をこれ幸いと学院に貸したが、結局は人の寄りつかない土地のままだ。

(だから、手入れは私がやるしかないのよね……)

もちろん、朝名には庭仕事の心得などない。しかし、本を読み、学院に入学してから毎年、見よう見まねで剪定をしている。

「ここは切ってもいいわよね。あと、ここも」

最初はやや躊躇いがちに、慣れてくるとだんだんと大胆になって、鋏で枝を落とす。

椿の枝には白い花がいくつもつき、葉も生い茂っている。細い末端の枝も伸び放題で、まるで丸々とした葉の塊の妖怪のようだ。

その枝を、朝名は葉も花もおかまいなしに切り落としていった。

ここの椿は、一年中、枯れずに咲き続ける。

八百比丘尼が亡くなった場所に植えられていた椿の枝を切ってきて、挿し木で増やしたものだというから、人魚の力と何か関係があるのだろう。

花はまったく落ちず、放っておくとこのように枝も葉もどんどん伸びてしまう。

冬に咲いた花が落ちたあと、春が剪定に適した時期だとはいうものの、そんな有様では、時期もへったくれもない。

ただ、いつ剪定するか決めておかないと忘れがちなので、朝名は本で読んだとおりに春に剪定することにしていた。今年は少し遅れたが。

　昨日、咲弥がここに迷いこんだとき、まるで手入れのなっていない様子を見られ、恥ずかしくなったのだ。

「ああっ、切りすぎたわ」

うっかり、勢いで切るつもりのなかった枝まで切り落としてしまった。が、すぐにこれは普通の椿ではないと思い出して、ほっと胸を撫で下ろす。

「ま、まあ、大丈夫よ……ええ」

「何をしているの？」

「ひゃっ」

いきなり背後から声をかけられて、心臓が跳ねあがった。思わず、手に持った鋏を取り落としかけ、慌てて握り直してから後ろを振り返る。

「先生」

智乃といい、今日はよく驚かされる日だ。振り返った先には、松葉色の長着を着た咲弥が目を瞬かせながら立っている。

「い、いらっしゃっていたんですか」

「ああ、そう、ちょっといいかな」

これを、と彼が掲げてみせたのは、昨日、朝名が貸した薄紫の傘だった。わざわざ返しにきてくれたらしい。

朝名は慎重に踏み台から降り、手渡された傘を受けとる。

「昨日は驚いたよ。本当に雨が降ってくるとは思わなくて」

驚きをあらわに、やや早口で言う咲弥がなんとも微笑ましく、朝名もつられて笑う。

「よかったです。私の予想が外れたら、先生に無用な荷物を増やしてしまうところでした」

「いや、おかげで雨に濡れずに済んだ。ありがとう」

ふ、と力の抜けた、穏やかな咲弥の感謝の言葉が、何よりうれしい。こんな些細なことでも、彼の役に立てたなら。

実は、天気読みは人魚の血の娘のささやかな特技のひとつである。

人魚の血の匂いは、生臭く、土臭く――生温い雨の、むわっとした匂いに似ている。ゆえに、朝名はその匂いに非常に敏感であるという、ただそれだけの話なのだけれど。

八百比丘尼は天気読みが得意だったという逸話もあるそうなので、何か関係があるのかもしれない。

「どういたしまして。……今日はこれから、またお仕事に戻られるのですか？」

「うん。明日の授業の準備がまだ少し。途中で休憩がてら抜け出してきたから。君は、椿の木の剪定？」

「はい」

朝名と咲弥は、どちらからともなく、池の畔《ほとり》の草むらに人二人分ほどの間隔を空けて並んで座った。

作業に集中していて気づかなかったけれど、腰を下ろして呼吸を落ち着けると少しばかり疲労を感じた。

「煙草、吸ってもいい？」

わざわざ訊ねてくる咲弥に、朝名はうなずく。

「構いません。あ、でも吸い殻は捨てていかないでくださいね」

「はは、ありがとう。気をつけるよ」

笑いながら煙草に火をつけ、深く煙を吸い込んで吐き出す咲弥の仕草はやけに色気があり、見ているだけで頬が熱くなりそうだった。

(……何をしても様になるのね)

必死に表情を取り繕う朝名をよそに、咲弥は口を開く。

「昨日から思っていたけれど、ここの椿はすごいな。もう開花の時期は終わっているのに、どれも満開で。君が手入れしていたとは」

「先生、ここの椿は、一年中咲いているんですよ」

「は⁉」

ぎょっと目を剝く咲弥。先ほどから、互いに驚かせ合ってばかりなのが可笑しい。

朝名は池の水音に耳を澄ませながら、ひんやりとした空気に身を任せる。そうしていると、心身が溶ける心地がして、気持ちがいい。

「でも私、あまりうれしくありません」

だめだな、と思いながら、つい本音を口にする。

咲弥には何でも話したくなってしまう。友人や後輩には、平気で隠しごとをできるのに。

「椿の花が一年中咲いていることが?」

咲弥に訊き返されて、うなずく。

「はい。咲いているのは、冬の間だけで十分です。……私、実は椿の花は苦手で」

八百比丘尼が椿の枝を抱き、諸国を巡ったのは有名な話である。彼女を先祖に持つ天水家も、椿とは切っても切り離せない。

天水家の家紋は椿の花を模したものだし、屋敷の庭にも椿が無数に植わっている。椿を見るたびに、朝名の心には八百比丘尼に対する、どろどろとした感情が澱のように溜まっていった。

それでもこの場所は——椿の木に囲まれていてもこの場所だけは、朝名を慰めてくれる。

朝名と同じく、きっと椿の花にいい思いを抱いていなかったであろう、大勢の女性たちが眠る場所だから。

「まあ、そういうこともあるね。僕も……椿は苦手かな」

咲弥の低い呟きに、朝名は彼のほうを見た。

「先生も？」

「ちょっと、いろいろあってね。——ああ、この話はやめよう。苦手なものを語っても、不毛なだけだ」

「そうですね」

朝名は肩をすくめた咲弥の言葉に、笑いながら同意する。

せっかく話をするなら、苦手なものより好きなものを語るほうがいい。咲弥の考え方は、今も昔も変わらず前向きで優しい。

「よければ、君が好きなもののことを、いろいろ教えてくれないか？」

咲弥のことを知りたい。自分のことを知ってほしい。彼の言葉のひとつひとつが、朝名の心をぬくもりでいっぱいにしてくれる。

朝名は、咲弥からの魅力的な申し出に抗えなかった。

「はい。喜んで」

「ありがとう。お返しに、僕も教えるから」

咲弥と、笑いあう。彼の柔らかで、少し唇の端を持ち上げる笑みを、朝名はずっと見ていたくなった。

椿の木は、たくさん植えられている。それから、朝名は咲弥の手も借り、彼と互いの好きなものの話をしながら、一緒に椿を剪定するのがしばらくの日課になった。

会話の内容はとても単純で、他愛のないものばかり。

「朝名さんは、好きな花はある？」

「好きな花は……考えたことがありません。先生は？」

「僕はそうだな、小さすぎず、大きすぎない花が好きかもしれない。桔梗《ききょう》とか、撫子《なでしこ》とか、コスモスとか」

「私、晴れた初夏の日の、午前中が好きなんです。先生は、好きなお天気はありますか？」

「秋の薄曇りかな」

「薄曇りが？」

「そう。自分が世界でたったひとりになってしまったような、心寂しい雰囲気が好きなんだ。自分でもおかしいと思うけれど」

「おかしくなんて、ありません。誰でも、ひとりになりたい日くらいありますもの」

「僕は今日みたいな晴れた空の青い色、結構好きなんだ。朝名さんの好きな色は？」

「私も空の青は好きです。一等好きなのは、深みのある紫に近い青でしょうか」

「君に似合いそうな色だね」

「先生は外国語も堪能でいらっしゃるのに、どうして国語の教師を？」

「この国の言葉や文学、文化の良さがわかったから」

「外国よりも？」

「そう。洋行してみてわかった。どこの国にも、それぞれいいところ、美しいものがある。けれど、その方向性は千差万別で、この国にはこの国の素晴らしさがあるんだ。それを、皆に伝えられたらと思ってね」

好きな食べ物、印象深かった日常のちょっとした出来事や、最近読んだ本や文学について。

朝名にとって、恩人である彼と過ごす時間はどんなに短くとも、瓶に詰めた彩り豊かな飴玉のような、きらきらと輝く宝物だ。

その宝物が、日に日にひとつ、ふたつと増えていくのがうれしくてたまらない。

はじめは、朝名がひとりで椿の剪定をしているのが危なっかしくて、咲弥は付き合ってくれているのだと考えていた。

けれど、毎日毎日、律義に人魚の花苑に顔を出してくれる咲弥も、どうやらこの時間を楽しんでくれているようで、なおのこと夢のように感じられた。

◆

咲弥と放課後に人魚の花苑で会うようになってから、一週間が過ぎた。

朝名は休み時間、数人の級友とともに教室を出て、談笑していた。こうして廊下に出ているのも、少しでも咲弥の姿を見られたら、という皆の乙女心ゆえ。

咲弥が赴任してきてからしばらく経つが、今も乙女たちの間では彼の話題で持ちきりだ。

「時雨先生、本当にいつもお美しいですわ……」

「わかります。お姿を見かけると、なんだか仏さまでも見たような、寿命が延びる心地がしますわよね」

「そうそう。まさに眼福です。ああ、わたくしも、あれくらいお美しい方と結婚できたら……きっと毎日幸せでしょうね」

口々に言う友人たちに、朝名は隣の杏子とそろって苦笑を浮かべる。すると、友人のひとりがこちらを見た。

「杏子さんが、心の底からうらやましいです。時雨先生と二人で登校されて」

一週間前のあの朝のことだろう。

家同士の繋がりがあるのならさほどおかしくないとも思うし、けれど、智乃の言っていたことも引っかかって、どこか二人に特別なものを感じてしまってもいる。

咲弥本人に訊ねてみれば済むことだけれども、詮索をしてくる面倒な女だと思われたり、今の雰囲気が壊れたりしてしまうのが嫌で、訊けずにいた。

友人の言葉に、杏子は眉をハの字にして、薄く笑う。

「贅沢をした自覚はあります。ですが、わたくしも咲弥さんが外国に行かれてからずっと、お話できないでいたの。だから、許してくださいません？」

「ええ、ええ！　杏子さんなら誰も文句は言えません」

「そうです。時雨先生のような殿方には、杏子さんのような方がお似合いですもの」

友人たちがうなずきあうのを見た杏子の頬に、さっと朱がさした。

朝名はその様子を間近で目の当たりにし、そこはかとなく嫌な予感を抱く。

（そうだったら、どうしよう）

何も言えないでいる朝名のほうに、今度は友人たちの注意が向いた。

「朝名さんも、きっと素晴らしい殿方と結婚されるのでしょうね」

「え？」

思いがけないことを言われ、目を瞬く。

素晴らしい殿方と結婚。

ここ数年は勝井子爵と結婚するとばかり思っていたし、朝名にはまるで縁のないことだ。

一応、現在は咲弥と婚約関係にあるけれど、だからこそ、それが悩みの種でもある。

しかし、友人たちのおしゃべりは止まらなかった。

「だって、朝名さんは成績優秀ですし、お家のご商売も繁盛してらっしゃるし」

「そうですわ。それに、朝名さんは独特の魅力もお持ちだもの。下級生にも、幾人も朝名さんのことを気にかけている子がいますよ」

「ま、またまた……」

朝名が笑って受け流すと、ちょうどそのとき、廊下の少し離れたところを咲弥が歩いているのが見えた。

友人たちも、待ってましたとばかりに咲弥の姿に反応を示す。

「見て、時雨先生よ！」

「本当……今日も素敵ねぇ」

「歩き方から他の殿方とは違いますものね」

皆、深く、深くため息を漏らした。朝名の友人たちだけではない。周囲の他の級友たちも。

そして、杏子は――どことなく潤んだ瞳で、真っ直ぐに咲弥を見つめていた。

（私は……）

朝名は極力、感情を抑えた顔で少しだけ笑みを作り、友人たちのほうから咲弥のほうへと視線を移す。

目が、合った。

ちょうど朝名の視線と咲弥の視線が交わった、そんな気がした。息を呑む朝名とは反対に、咲弥はほんの少しだけ、微笑んでみせる。

それは、教壇に立っているときの彼というよりは、人魚の花苑に来ているときの、わずかに肩の力が抜けた彼の、素の笑みに似ていた。

（どうして）

考え込む前に、至近距離で「きゃあ！」とけたたましい黄色い歓声が湧き起こり、朝名の思考は途切れる。

「見ました？　今の」

「ええ、わたくしたちに向かって時雨先生が微笑んでくださったわ！」

「違うわ、私たちに微笑みかけてくださったのよ」

「いいえ、絶対にわたくしたちにです！」

「時雨先生は、あなたたちになんて微笑みませんわよ。旧知の仲の杏子さんに向かってですわ」

やいのやいのと繰り広げられる、乙女たちの戦い。どうやら、咲弥が自分に微笑みかけたのだ、と思ったのは朝名だけではなかったらしい。

（なあんだ。でも、そうよね）

ほっとしたような、若干、寂しいような。

きっと、咲弥は己をちやほやしてくる学生たちに、ちょっとした思いやりで笑いかけてやったに過ぎないのだろう。舞台上のスタァがファンに笑みを振りまくように。

朝名も彼女たちと同じだ。勘違いも甚だしいし、自分が特別だなどと思い上がるところだった。

「杏子さん。時雨先生は、私たちを喜ばせるのがお上手ね。……杏子さん？」

何とはなしに話しかけた杏子から返事がない。朝名は愛想笑いを引っ込めて、ゆっくりと隣をうかがった。

「あ、ごめんなさい。ぼうっとしていたわ」

朝名に見られていることに気づいたのか、杏子は我に返った様子で慌てて誤魔化す。

けれど、朝名は見逃さなかった。

杏子が咲弥のいた場所を……彼が去ったあともずっと、焦がれるように見つめていたことを。

放課後、朝名は人魚の花苑でひとり、草むらに腰を下ろして、池の水面をじっと眺めていた。

細波に橙の日の光が反射し、煌めく様を見ていると、無心になれる。

けれど、咲弥がここを訪れるようになってから、朝名は前とは違い、池の中央に鎮座する祠の石垣からではなく、池の畔からその煌めきを眺めるようになった。

そうして今も、咲弥の訪れがないかと少し期待してしまっている。

咲弥と並んで座って、話をしながら、人魚の花苑の自然の音や輝きを堪能するのも、彼の吸う煙草の匂いすら、すっかり当たり前になってしまって。

(先生、やっぱりいらっしゃらないかしら)

椿の剪定は昨日めでたく、完了した。

鬱陶しく生い茂っていた枝葉はすっきりと整い、多少は綺麗に見える。本職の庭師に剪定を頼んでいる、家の庭の椿ほどではないけれど。

そういうわけで、剪定を手伝いに来てくれていたのであろう咲弥が、ここを訪れる理由はもうない。

日光に、レースの手袋を嵌めた手を翳《かざ》す。

今日の手袋は咲弥からもらったものではない。

あまり頻繁に同じ手袋をつけていればあっという間に擦り切れてしまう。だから、あの思い出の手袋を大事に懐にしまって持ち歩きはしても、嵌めるのは別の手袋にすることがよくあった。

(寂しいわ……)

考えてみれば当たり前だ。一介の女学生である朝名と違って、教職に就いている咲弥は多忙である。

赴任してからというもの、彼は容姿がいいだけでなく、教え方も工夫が凝らされ、博識でユーモアのある話術が面白いとたいそう人気だ。他の教師たちから嫉妬されるのではないかと心配になるほどに。

それでも、いや、だからこそ、忙しい咲弥とのこの一週間は、奇跡のようなものだったに違いない。

そしてその時間は、終わってしまった。

朝名が考え事をしながらひとりで過ごすうち、だんだんと日が暮れてきた。

「そろそろ帰ろうかしら」

物足りない、なんて感じるのは、贅沢だ。

誘えば、杏子や智乃など、ここで朝名の話に付き合ってくれる人はいるのだろう。それなのに、咲弥でないと嫌だなんて思ってしまっては、ただの朝名の我がままになる。

「でも……先生といると、時間を忘れてしまうのだもの」

少し剪定を休んで、ただ二人で黙って景色を眺めているだけのときもあった。

しかし言葉を交わさなくても、ひとりのときより不思議と満ち足りて、確かに自分はここに存在しているのだと実感を持てた。

日が傾き、西の地平へ落ちてゆく。東の空には夜の色が広がりつつある。

初夏の日は長い。まだしばらくは明るいだろうけれど、暗くなる前には帰らないとならない。

朝名は荷物を持ち、椿の木の茂みをくぐって人魚の花苑を出る。すると、ちょうどそこでほかならぬ咲弥と出くわした。

「せ、先生……どうして」

「ごめん、遅くなった」

濃鼠色《こいねず》の長着をやや乱れさせた咲弥は、息が荒い。きっと、急いできてくれたのだろう。

「先生、そんな、お忙しいのに無理にいらっしゃらなくても」

「君が待っていてくれている気がしたから。放っておくわけにはいかない」

「……申し訳ございません、お手間をおかけして。もう帰りますので」

咲弥が来てくれたらいいな、と思っていた。ひとりで時間を過ごして、ひとりで帰ることにわずかばかりの落胆もあったし、寂しさもあった。

けれど、無理をさせたかったわけではない。

朝名が一礼し、急いでその場を立ち去ろうとすると咲弥はそのままついてくる。

「送っていく」

「え……いいえ、先生のお手を煩わせるわけには」

「ああ、そういえば、君の家は送迎があるのだっけ。だとすると、僕が勝手なことをするわけにはいかないかな」

「いえ、先生が一緒なら、迎えの自動車には先に帰ってもらうこともできますので……だから、その」

言いかけて、足が止まる。

どうせ、学院の敷地内から一歩出れば、父が手配した者が目を光らせている。普段は自動車での送迎と、見張りと、朝名の行動は二重に縛られている状態だ。

何もかも、朝名が勝手な行動をとらないようにするために。

ただ、車のほうは事情を話せば、おそらく先に帰らせても問題ない。

（――どうしよう、離れがたいわ）

少しでいい。今日、一緒に過ごせなかった分だけ、帰り道の間だけ、咲弥と話せたら。

一応は見合いをした間柄なのだし、杏子が咲弥と登校するのなら、自分は彼と一緒に帰るくらいしてもいいのではないか。

なんて、身勝手な考えだろう。

いずれ咲弥を己から解放したいと望むのならこれ以上、親しくなるべきではない。わかっているのに、もう少しだけ隣にいたいと願ってしまう。

（お、送ってもらうだけ。寄り道はしないから）

だから、今日だけ――朝名はそう胸の内で弁明し、咲弥に向き直った。

「あの、先生。家まで、お願いしてもよろしいでしょうか……」

おずおずと申し出た朝名に、咲弥は刹那、目を見開く。が、すぐに満足そうに頰を緩ませた。

「もちろん。では、行こうか」

校門を出て送迎の自動車を先に帰し、朝名と咲弥は帰路につく。朝名はしばらく進むまで、ひどく緊張した。

今まで、あの人魚の花苑という秘密の場所以外で、学校で咲弥と行動をともにすることはなかったから。

二人の靴音がこつ、かつん、こつ、かつん、とずれて響く。

薄暗くなりつつある街路に人はまばらだった。女学院の周囲は小さな民家や、昔ながらの商店がちらほらあるだけだ。

あらかたの学生はすでに帰ってしまっており、それでも幾人かはいるけれど、他人のことを気にする様子はなかった。

もし一緒に歩いているところを他の学生に気づかれ、噂になって、友人たちや――杏子の耳にでも入ったら。いったい、どう思われるだろう。

(私だけ何もかも秘密にして、これでは、卑怯者だわ)

咲弥と一緒に過ごしたい。彼との時間は心地よくて、大切で、もっと、もっと、と際限なく求めてしまう。

けれど、きっとそれを求めているのは朝名だけではない。

杏子や友人への後ろめたさで息が苦しくなった。

「先生」

「ん？　なに？」

朝名が呼びかけると、咲弥は柔らかい表情を向けてくる。

さりげなく道の自動車側を歩き、歩幅の小さい朝名に合わせてくれる彼は、やはり前にも思ったとおり女性の扱いに慣れているようだ。

確か、彼は実は、数々の浮名を流しているのだったか。智乃からの又聞きだけれど。

時雨咲弥という人はたぶん、朝名だけの恩人ではないのだろうな、と今さらながら悟る。

「……いえ、先生は……とても、お優しいなって」

「本当にそんなこと思っていた？　なんだか、含みを感じるのだけれど」

「思っています、ずっと」

朝名はひと際、綺麗に見えるように気遣った笑顔を浮かべる。

「だって、先生だけです。私の身を案じてくださるのは」

今も、昔も。心の中で付け足す。友人も後輩も、朝名を褒め、慕ってくれはしても、身を案じはしない。

「先生と結婚する女性は、きっとこの世で一番幸せですね」

朝名の呟きに、咲弥がふ、と噴き出した。

「先生？」

「褒めてくれるのはうれしいけれど、それは君のことだよ」

「え、あっ」

「忘れないでほしいな……。でもね、祖父に言われたからではなく、僕は君となら、穏やかないい夫婦になれそうだと考えている。ここ数日、君と過ごしてみてそう思った」

革製の鞄を脇に抱え直し、咲弥は朝名を見下ろした。

「そう、でしょうか。先生にふさわしい女性は、他にたくさんいらっしゃいます」

たとえば、杏子のような。

咲弥と杏子とが並んでいる姿は、とてもお似合いだった。周囲も言っていたけれど、朝名もそう感じる。

朝名ははっとした。今の発言は、いささか面倒だったかもしれない。慌てて笑みを作って誤魔化す。

「朝名さん」

「い、いえ、あの。私は、先生がずうっと笑顔でいてくださったら、それで構いません。

幸せは、笑顔でいる人のところにやってくるものらしいですから……って、ごめんなさい。余計なことを言いました」

動揺して、言わなくていいことまで言ってしまった。

しかし、本心だ。恩人には、いいことがあってほしい。咲弥には、幸せになってほしいのだ。朝名や天水家に縛られることなく。

じわじわと頬が熱くなってくる。

「……僕はそんなふうに君に願ってもらえるほど、立派な人間ではないよ」

そう自嘲気味に呟いた咲弥の耳は、けれど、わずかに赤みを帯びていた。

学校から山手の天水家まではかなりの距離があるけれど、咲弥と歩いたからか、あっという間だった。

「あ……」

朝名は前方の、天水家の門前を見て思わず声を上げる。

なんて、間が悪いんだろう。

ちょうど兄の浮春がどこかへ出かけるところだったらしく、浮春と彼を見送る母の姿があった。

浮春を愛おしそうに見上げ、シャツの襟を整えてやっている母の桐子と、穏やかな表情で話している兄。

ああいった、仲の良さそうな、普通の親子らしい光景を見せられるたびに、朝名は胸をしめつけられる。

（ううん。今は、それよりも）

このまま咲弥と歩いていったら、母や兄と鉢合わせしてしまう。

きっと、朝名に冷たく振る舞う浮春や、母の様子を目の当たりにしたら、咲弥はおかしいと思うだろう。

（先生には、知られたくない）

疎《うと》まれている自分を、見られたくない。哀れまれるのはいやだった。

今みたいに、ただ許婚として楽しく会話し、一日のほんの短い時間をともに過ごした関係のまま、他人に戻りたい。

「せ、先生。ここまでで、結構です。ありがとうございました」

「え、いや、あと少しだし、挨拶しないわけには」

慌てて咲弥と別れようとする朝名に、咲弥が眉を顰める。

「両親も兄も、気にしません」

言いながら、朝名は立ち止まる。

いっそこのまま、兄と母の姿がなくなるまで話を引き延ばして粘ろうか。

ずるい考えが頭を掠めたけれど、たぶん律義な咲弥のことだ。挨拶すると言ったら、きちんと家を訪ねて挨拶するだろう。

そうしたら、出かけた兄はともかく、母とは会ってしまう。

逡巡する朝名の手を、咲弥がやんわりととる。

急に手に触れられ、胸が痛くなるくらいに強く高鳴り、痺れが背筋を走った。

「せ、先生……！」

「大丈夫だから、行こう」

何も大丈夫ではない。しかし、そのままそっと手を引かれてしまえば、ついていかざるを得ない。

「こんにちは」

朝名の気まずさをよそに、咲弥は兄と母へ声をかける。

繋がっていた手がぱっと離されると、心許なさだけが残った。

「……君は」

「申し遅れました。初めまして、時雨咲弥と言います」

訝しげに眉間にしわを寄せた浮春へ、咲弥はにこやかに会釈しつつ名乗る。すると、浮春は苦笑いに似た、口の端を持ち上げる笑みを返した。

「ああ、君が。私は、天水浮春。こちらは、母だ」

「初めまして、桐子でございます。まあ、とっても綺麗な方ですこと。時雨さん、とおっしゃるのね。浮春さんのお知り合い？」

斜め前に立つ咲弥が首を傾げたのが、朝名にはわかった。桐子の口調はごく自然で、特に悪意や含みがあるわけでもない。

ただ、その問いかけがおかしいのだ。

母親が、娘の縁談の相手の名を知らないなんて、あるはずもないのだから。

わずかに怯《ひる》んだ様子の咲弥は、すぐにそれを隠して「いいえ」と言った。

「僕は、朝名さんと婚約することになった者です」

案の定、桐子は不思議そうな顔で目を瞬かせる。

冷え切った手で心臓を鷲づかみにされたかのような、悲哀とも恐怖ともつかない感情が朝名の全身を駆け巡った。気を抜いたら、頽《くずお》れてしまいそうなほどに。

「朝名……さん？　ええと、わたくしが知っている方にいらっしゃったかしら。その方も浮春さんのお知り合いなの？　ごめんなさい、わたくし、よくわからなくて」

「は……？」

啞然《あぜん》としたまま振り向いた咲弥の、驚愕に満ちた視線が、朝名に突き刺さる。

どういうことなのか、いったい何が起こっているのか。

無言の問いに答えることができず、朝名がうつむくと、咲弥は桐子に向き直った。

「いや、しかし、そんな馬鹿な。朝名さんは、あなたの娘でしょう？」

「娘？　いやですわ。わたくしに娘はいません」

「何をおっしゃっているのですか。では、彼女は誰なんです。あなたの娘の、天水朝名さん以外の何者でもないでしょう」

咲弥が朝名を示しながら、訴える。だが、ますます桐子は顔をしかめていく。

「彼女？　冗談はよしてくださいな。そこには誰もいませんよ」

「……そんなばかな」

呻く咲弥の袖を、朝名は引いた。

「先生、やめてください。いいですから」

桐子は昔、良き母だった。

朗らかで、優しく、いつも朝名の頭を撫でてくれ、読み書きや算術ができるようになれば、ともに喜び、褒めてくれた。

ときには叱られることもあったけれど、一番に朝名のことを考えてくれた母。いつまでも若々しく、淑やかな母は、朝名の自慢だった。

だが、そんな彼女は、浮かび上がった朝名の痣を、怪我が瞬く間に治っていく不自然な光景を目の当たりにして病んだ。

人魚の血の娘となってしまった娘を、受け入れてはくれなかったのだ。

いつしか、桐子の心からも記憶からも視覚や聴覚からも、朝名は消えた。

そうして、朝名をなかったことにした途端、元の愛すべき彼女に戻り、すべては朝名を抜きにして上手く回りだした。

(お母さまがまた苦しむ姿は見たくない)

初めは思い出してほしかった。でも、自分が我慢すれば上手くゆくのなら、そのほうがいい。すべてはその繰り返し。

く、と喉を鳴らして笑ったのは、これまでの流れを静観していた浮春だった。

「殊勝な心がけだな、朝名」

「…………」

「婿殿、君も知っておいたほうがいい。我が家にそいつを家族と認める者はいない。誰もが拒絶し、遠ざけ、嫌う。君もそいつの本性を知れば、気味が悪くなるだろうね。まあ、知らぬが仏というやつだ」

浮春は口許を歪め、肩を竦《すく》める。

「母も、そうして拒絶に拒絶を重ねて、今のようになったのさ」

「……あなたたちはどうかしている」

咲弥がその麗しい容貌を歪め、吐き捨てた。

違う。

朝名が普通の女ではないから、普通の娘、普通の妹として生きられないから、皆そろって心も絆も捨てるしかないのだ。

すべては、異端である朝名のせい。

きょとんとしている母を見ると、息ができなくなる。喉のあたりに何かが痞《つか》えて痛くて、こみ上げてくるものがあった。

「よくも、平気な顔でいられるな」

兄が大股で近づいてくる。

咲弥の横を通り抜け、朝名の前に立った浮春は、その手を伸ばし、思いきり朝名のバレットに結った三つ編みを鷲づかみにする。朝名は、無理やり上を向かされた。

鈍い痛みが走った。小さな悲鳴は、声にならない。

「どうしてお前はいつもいつも、自分が被害者だとでも言いたげな面をする？　被害者はこちらだというのに。お前みたいなのが妹だなんて、信じたくない。そう、何度思ったことか」

「やめろ！」

歯を剝き出しにし、憎しみをぶつけてくる浮春を、咲弥が押しのける。

「せん、せい」

朝名はぼやけた視界で、のろのろと咲弥を見上げる。なぜか、咲弥のほうが泣きそうに顔をしかめていた。

ああ、朝名がずっと強がっていたことを、知られてしまった。

彼の中で、哀れな、同情すべき女にはなりたくなかったけれど、どのみち無駄な足掻きだったのだ。

彼と少しでも長く同じ時間を過ごしたいと望んだ、罰。

「朝名さん。聞かなくていい。もう、いい。ごめん。僕が間違っていた」

咲弥は壊れ物を扱うように、両手で包み込むようにして、朝名の両耳を優しく塞いだ。

朝名を誹《そし》り、嘲る兄の声が、閉じられた耳の奥でゆっくりと消えていく。

(先生が悪いわけではないのに)

全部、天水家の血と、それを発現させてしまった朝名が悪い。

朝名が人魚の血など持ってしまったから、家族を傷つけ、咲弥にこんな悲しい顔をさせてしまっている。

「お義兄さん」

咲弥は浮春に背中を向けたまま、呼びかける。

「どうした？　縁談をなかったことにでもするのか？」

「いいえ。……ゆくゆくは婿に入るのですから、早くから天水家に慣れておいたほうがいいでしょう。ですので、僕がこの家に先に越してくることを、ぜひ許してはいただけませんか？」

朝名ははっとして息を止める。彼はあろうことか、ひと足早く天水家に住みたいと言っているのだ。

ここまでのやりとりだけでも、天水家がどんなに異常で厄介そうな家かわかる。そこへ自ら飛び込みたがるなんて、正気ではない。

「せ、先生。だめです、どうしてそこまで……」

「いいんです。僕にできることは、したいので」

「でも」

そうだった。咲弥は人を助けずにはおれない人だった。だからこそ、昔の朝名は彼に救われたのだ。

強い正義感。そして、祖父の頼みだという縁談への義務感。

なんて真っ直ぐで清らかな人。でも今は、それがなんとも憎らしい。

「いいだろう。いつでも、好きなときに越してくるといい」

やはり、浮春は嘲笑交じりに言った。兄の、先日の言葉が朝名の脳裏で響く。

浮春は言葉通りに咲弥をいいように使い、いざとなったら口封じに、命を奪う以外のことならなんでもやるに違いない。

「だめ、絶対にだめ」

あと少しだけ待ってほしかった。

父との、縁談を白紙にする約束がある。守られる可能性はかぎりなく低くとも、約束を盾に交渉すればあるいは、咲弥を解放できるかもしれないのに。

まだ、朝名は何もできていない。

「先生には、幸せになってほしいって……言ったのに」

「このまま君を見捨てて逃げたら、君のことが気がかりで、行動を起こさなかったことを一生後悔する。そうしたら、笑ってなどいられない」

美しい微笑を向けられ、朝名には何も言い返せなかった。

眩しくて、温かくて、しかしこの先のことを考えると、目の前が真っ暗になりそうだった。


「お父さま、お願いします。時雨咲弥さんとの結婚は、なかったことにしてくださいませ」

朝名は夜更け、父の書斎を訪れて畳の上で深々と頭を下げた。

咲弥と見合いをしたあの日から、父が家にいるときには必ずこうして頼み込んでいる。

色よい返事をもらえたことはない。

「くどい。すでに顔合わせまで済ませているのだ。金もじきに入ってくる。今さら覆せるか」

「どうか、お願いいたします。私ならいくらでも、どうなっても平気ですから……」

座布団の上に座し、腕を組んだ光太朗は不愉快そうに鼻を鳴らす。

「あの時雨家の次男の持参金には、たとえお前がどんなに尽くそうとも足らんわ」

「………」

「あれだけの資金が手に入れば、爵位を買い、新たな事業に投資して余りある。お前にそれだけの金が代わりに用意できるとでも？」

朝名は伏したまま、唇を噛みしめた。

朝名を手元に置いておけば、今までどおりの売上を落とすこともなく、さらに持参金で新しい商売の関係をも築ける。

持参金がいくらなのかは知らない。

ただ、薬をどれだけ売ってもすぐには追いつかない額であることは、父の口ぶりから察せられた。

そしてそれだけの金を用意する力は、朝名にはない。

「できません。ですが、お願いします。私がこの身体で尽くせば考え直してくださると、おっしゃったではありませんか」

「考えるとは言ったが、考え直すとは言っていない」

最初から、わかっていたことだ。あんな約束は口先だけだと。

(……家の都合以外のどんな手を使っても、きっと先生を傷つけてしまう)

あとは咲弥の祖父に頼むくらいか。

病床にあるというし、会えるかどうかも定かでないので、とても有効とは思えない手段だけれど。

朝名はどうあがいても、咲弥の足を引っ張ることしかできない。

それを考えたら、あまりの悔しさに消えたくなった。

「まったく、最近のお前はうるさくてかなわん」

冷え切った声だった。いつの間にか立ち上がっていた父は、朝名の腕を摑んで立たせる。

「お、お父さま」

「来い! 躾しなおしてやる」

「いた、痛い……お父さま、い、嫌です……!」

二の腕が捥《も》げそうなほどの強い力で、朝名は光太朗に引きずられた。

必死に抵抗しようとするけれど、長年にわたって不調続きで痩せた身体では、父の力には敵わない。

書斎を出て、廊下を引っ張られていく。途中で行き会う使用人たちは皆、見て見ぬふりをした。

離れの木戸を荒っぽく開け放った光太朗は、その中に朝名を乱暴に投げ込むと、ぴしゃりと後ろ手に戸を閉める。

朝名は身体をしたたかに打ちつけ、衝撃に呻いた。

「いや、いや……やめて」

「やかましいわ。寿万子《すまこ》はお前のように騒がなかったというのに。やはり女学校に行かせたのは失敗だった。学のない女のほうが静かでいい」

寿万子、というのは、朝名の前に人魚の血の娘であった大叔母の名。

父は昔からよく、その名を口にした。朝名に痣が現れてからだ。朝名と大叔母とを比べ、いかに大叔母が従順で、物静かで、淑やかな女性だったかを説く。

とても憎々しげに、されど熱のこもった眼で。

光太朗は、棚に置かれていた革の鞭を手にとり、握りしめる。その瞳はぎらつき、ただ朝名だけを見ている。

「お父さま、私は」

戸を背にしてこちらに近づいてくる光太朗に、朝名は座り込んだまま後ずさりした。

けれど、すぐに壁際へ追い詰められる。

鞭の先端は、真っ直ぐに朝名を向いていた。

「黙れ！　お前はただ黙って従っていればそれでよいのだ。だというのに、いつまでもごちゃごちゃと」

光太朗が、朝名をめがけて思いきり鞭を振り下ろす。

（どうして、死なせてくれないの）

こんなにも痛いを思いを何度もして。どうして自分にだけ、安らぎが訪れないのか。不公平だ。この家の外では、同い年の少女たちが皆、笑って楽しく暮らしているのだろう。

良妻賢母を目指し、勉学に励み、物語に思いを馳せ、秘めやかな恋をする。未来に夢を抱き、明日に期待して温かい布団で眠る。

朝名とは大違い。

徐々に思考も回らなくなってきた。最後にはぼんやりと、意識が早く途切れるように、という願いだけが残った。

四章　お弁当と餡ぱん

教室は、そわそわと浮足立った雰囲気で満ちている。

皆、教科書を読むふりをして、教壇に立つ青年の姿をうっとりと眺めているのは、もうすっかりおなじみになった。

「教科書の四十八頁《ページ》を開いて――」

教師である咲弥から指示が飛んでも、彼女たちの動きはひどく緩慢だ。いったいどれだけの学生が授業に集中できているか、甚だ疑問である。

朝名は指示された教科書の頁を開きつつ、ぼんやりと文字列を追っていた。

（だめ、集中できない）

昨晩、父につけられた裂傷は治りにくかった。

眩暈《めまい》はするし、食欲もなく朝食もろくにとれなかった。傷つけられた記憶は生々しく、まだ身体のあちこちが痛む気もする。耳鳴りもひどく、呼吸も苦しくて、身の置き所がない。

咲弥との縁談をなかったことにしたいと息巻いていた自分が、恥ずかしい。父や兄に対し、朝名はあまりに無力だ。とっくに理解していても、堪える。

(先生が本気だったら、どうしよう)

なんとなく視線を上げ、教壇のほうを見る。そこに立つ咲弥と視線が合うことはない。

いつも思うけれど、教師としての彼と、婚約者としての彼は、まるで違う。

婚約者としての彼は真っ直ぐに朝名を見て、優しく、そして、ときには父や兄と真っ向から言い合ったりもする。

一方で、教師としての咲弥はにこやかではあるけれど、淡々としている。朝名はそんな彼の、その他大勢の教え子のひとりでしかない。

だからか、教壇に立つ咲弥を見ると別人みたいで、なんとなくほっとするような、寂しいような、不思議な気分になる。

(昨日のことが夢だったら、よかったのに)

咲弥が天水家に引っ越すと宣言したことも、この体調の悪さも。全部、なかったことにならないだろうか。

「先生!」

授業が終わる間際、唐突に、ひとりの生徒が手を挙げる。

手を挙げたのは、吉井《よしい》という少女だ。快活で、少し蓮っ葉なところがあるが、あまり授業で発言するほうではない。いったい何を言い出すのかと、教室中が固唾を呑んだ気配がした。

うわの空だった朝名も、普段と違う出来事に驚き、吉井と咲弥を交互に見遣る。

「なんでしょうか」

吉井は、ぱっと瞳を輝かせ、立ち上がった。

「先生、実は自習をしているのですが、この和歌がわからなくて……」

咲弥が教壇を離れ、彼女の席のそばまで行く。頬を赤らめながら、吉井は雑記帳を咲弥に広げて見せた。

「よかったら、あの、読んでいただけないでしょうか」

「ああ、古今和歌集ですね」

咲弥は吉井の要望に応えてその和歌を読み上げた。

「――郭公《ほととぎす》鳴くや五月のあやめぐさあやめも知らぬ恋もするかな」

たくさんの、ため息が聞こえる。

顔を紅潮させている者、そのままふらりと気絶しそうな者、涙をこぼす者に、口許を押さえたまま固まってしまう者。教室の温度は少女たちの体温で一気に上がった。

咲弥のやけに艶のある声で、静かに、けれどもわずかな情感を込めて読まれた恋の歌に、乙女たちは見事に酔っている。

朝名も、それまでの悶々とした悩みなど吹き飛んで、呼吸を忘れた。

（……なんて歌を）

よりにもよって、清らかな乙女には刺激の強いこの和歌だとは。咲弥はただ歌をひとつ読み上げただけなのに、朝名の両頬はすっかり火照ってしまった。

当の咲弥は何事もなかったように教壇に戻ると、それまでの授業を中断し、生真面目に和歌の解説を始める。

「今のは、古今和歌集、巻第十一『恋歌一』の最初に収められている、読み人知らずの歌です。ほととぎすというのは初夏に鳴く、夏を告げる鳥ですが、恋心を表す鳥としてもよく歌に詠まれます。また、あやめというのは皆さんもご存じの五月に咲く花であると同時に、物事の道理や道筋も意味しています」

いったん言葉を切り、咲弥は苦笑交じりの微笑を浮かべた。

「つまり、恋に盲目になることへの嘆きを含んだ情熱的な恋歌、というわけです」

解説がひと通り終わったところで、ちょうど授業の終わりの鐘が鳴った。

「今日の授業はここまでにします。……自習をするのは大変よろしいですが、今度から質問は授業が終わってからにしてくださいね」

そう静かに告げた咲弥が教室を出て行くと、ぷつん、と張りつめていた糸が切れたように、教室中が湧いた。

「時雨先生、なんて罪深い方なの……」

「わたくし、心臓が止まってしまったかと思いました」

「私もよ。私、名前があやめですから、先生に何度も呼ばれたようでなおさら……生まれて初めてこの名前であったことに感謝しました」

「まあ、うらやましい！　わたくしも名前を呼ばれてみたいわ」

教室は未だ冷めやらぬ興奮と熱気に包まれている。中でも、咲弥に短歌を読ませた吉井は、口々に称えられて、英雄扱いだ。

「吉井さん、素晴らしかったわ」

「よく思いついたわね、あのような策を。教科書に載っている作品は味気ないものばかりですから、あきらめていましたのに」

「ふふふ。もっと褒めてくださいな。……ああでも」

満面の笑みを浮かべていた彼女の目が、とあるひとりの学生に向けられる。日森杏子である。

「ごめんなさい、杏子さん。つい、勝手をしてしまって」

「いいのよ。気にしていないわ」

吉井の謝罪を受けた杏子は、おっとりとわずかばかり首を傾げて微笑む。その笑みは、まるで天女のように美しい。

誰のものか、ほう、と感嘆したような息の音が聞こえた。

けれども、なぜ杏子に謝罪するのだろうか。

「何の話です?」

朝名が事情を掴めずに、席の近い杏子に直接訊ねると、級友のひとりが割って入って答える。

「あら、天水さんはご存じありませんでしたか? 杏子さん、実は時雨先生と結婚の約束をしているのですって」

「……え?」

思わず、ぎょっと目を剝いた。杏子は朝名を気に留めたふうもなく、

「むしろ、咲弥さんの格好いいところを皆に知っていただけて、将来、妻になるわたくしも鼻が高いわ」

と、照れたように吉井に言う。

ほんのりと頰を桃色に染め、はにかむ彼女の言葉の意味がわからない。

(聞き間違い? 杏子さんって将来、先生と結婚されるの?)

そんな話は一度も聞いていない。うすうす、杏子が咲弥をそういう意味で慕っているのではないかとは思っていた。けれど、結婚の約束をしていたなんて。

いくら、朝名が噂に疎いとはいえ。

冷や水を浴びせられたみたいに、高潮していた心がすう、と温度を下げていく。

「うらやましいですわ。時雨先生と将来を誓い合っているなんて。あの時雨先生のお顔を毎日眺めて、いくらでも名前を呼んでいただけて」

「想像しただけで夢のような生活ではありませんか」

「まあ、やめてくださいな。前にも言いましたが、ただ、家同士に昔から付き合いがあるだけです。ただの口約束ですわ」

　そこで、ようやく杏子は朝名がおかしな反応をしていることに気がついたのだろう。振り向いて、申し訳なさそうに眉尻を下げる。

「朝名さん、ごめんなさい。わざと隠していたわけではないのよ。先日、皆さんと出かけたときに、そういう話になって……」

「あ、いいえ、私は……別に」

　——時雨先生には、興味ありませんから。

　以前だったらすらすらと言えたはずの台詞が、出てこない。喉に蓋でもされているようだ。

　無理やり作った笑みが、引《ひ》き攣《つ》る。

「そうですね、お話に加われなかったのは少し残念ですけれど。杏子さんなら、先生とお似合いね」

　朝名が努めて明るく言えば、杏子はほっと安堵の表情を見せた。

「朝名さんにそう言っていただけると、いっそううれしいわ」

胸がひどく痛い。親しかったはずの友人が、急に遠くに感じる。

今まで、朝名と仲良くしようと心を砕いてくれた友人たちの好意を無下にしてきたから、罰が当たったのだろうか。

昨日から、これまでのつけをたくさん払わされている気がする。

自業自得だ。隠しごとなんかして、人の心を蔑ろにしてきたから。

だから――もう、永遠に話せなくなってしまった。朝名と、咲弥との、縁談のことを。

杏子にも、友人たちにも。

時雨家と日森家。

どちらも由緒正しく、今でも権勢を振るう家であり、その二家ならば、一介の薬問屋でしかない天水家よりも、よほどつり合いがとれている。昔から縁があるのなら、なおのこと。

(でも、そう……そういうことも、あるのなら)

咲弥と杏子の並んで歩く姿を思い出す。

あまりに自然で、そこに並んでいるのが当たり前のようにしっくりくる二人。朝名と咲弥では、ああはなれない。

レースの手袋をつけた手で、かさついた己の頰を撫でる。

張りがなく、桜色で柔らかそうな、滑らかな杏子の肌とは似ても似つかない。

（私との縁談さえなくなれば、先生は杏子さんと結婚して、きっと幸せね。杏子さんが誰もが憧れる素敵な女性なのは、友人である私が一番よく知っているもの）

やはり、杏子のような人が、咲弥にはよく似合う。

貴公子の隣には、綺麗で、聡明で、日向に咲く花のような、そんな高貴な姫君が立つべきだ。化け物の自分ではなく。

昼休み、朝名は人魚の花苑の池の畔に、腰を下ろしていた。

教室で昼食をとってもいいけれど、なんとなくあの余韻の残る空気に居たたまれないものがあった。

しかも、皆が杏子を咲弥の未来の妻として持ち上げるので、実際に縁談の相手である朝名は余計に居心地が悪い。

ゆえに、お手洗いに行くと言って弁当を隠し持ち、こっそり教室から逃げ出してきたのだ。

（それにしても、杏子さんは先生の縁談をご存じないのかしら）

朝名は弁当の包みを膝の上で開けながら、首を捻る。

実のところ、時雨家と日森家、両家に昔から親交があり、咲弥と杏子も親しかったと聞いたときから、いつ知られてしまうかと冷や冷やしていた。けれど、いっこうに知られる様子がない。

杏子が知っていて黙っているのかとも思ったけれど、今日のことから、それはないとわかる。

さすがに知っていたらあんなふうには振る舞えないだろう。

「だったら、やっぱり、杏子さんは何も知らないのよね」

杏子が知らずに、自分が咲弥と結婚するのだと思っているのだとすれば、一段と朝名は心苦しい。これでは、縁談と友情の板挟みだ。

(でも、それだけではないわ)

この胸の、もやもやは。……これは、深く考えてはいけないものではなかろうか。

「何を知らないの？」

ふと、背後から声がした。振り返ると、椿の木の茂みから咲弥が出てくるところだった。

「先生……どうして、こちらに？」

「いや、さっき教室を覗いたらいなかったから。君は昼もここにいるのだろうかと。少し、話したいこともあったし」

彼は葉や小枝を払いつつ、小さな包みを手にやや距離を開けて、朝名の隣に腰を下ろした。

放課後でなく、昼休みに咲弥がここに訪れるのは初めてのことだ。

「安心して。ここへ来るところは誰にも見られないよう、細心の注意をしてきた」

「あ、ありがとうございます」

「秘密の場所が知れ渡ったら大変だからね。それで、何を知らないんだって？」

答えなくて済むかと思いきや、そう簡単に咲弥は引き下がらない。

どうしたものだろう。朝名は逡巡して、やめた。

ひとりで悩んでいても仕方ない。知らない事柄をいくら考えても答えなど出ないのだし、この際、きちんと聞いて真偽を確かめておくべきだ。

「あの、先生」

「なに？」

「……日森杏子さんと結婚の約束をしているって、本当ですか」

おずおずと朝名が訊ねると、咲弥は目を丸くした。

「どこから聞いたの、その話」

朝名は己のもやもやが咲弥に伝わってしまわぬよう、慎重に言葉を選ぶ。

杏子が、咲弥と結婚の約束をしていると言っていたこと。級友たちはそれを当然と受け入れていること。

「あの子、そんなことを……」

朝名が話し終えた途端、咲弥は苦々しく眉を寄せ、軽く息を吐き出す。

話しにくそう、というよりも、咲弥の辟易した気持ちが表れたような仕草だった。

「結論から言うと、それは誤解だよ。僕の結婚相手は、君だけ。杏子さんは少しもかかわりない」

「誤解？」

どのような誤解なのか、単に気になって鸚鵡《おうむ》返しに聞いた朝名に、咲弥は慌てて首を横に振る。

「本当に、僕にやましいことは何もないから。ただ時雨の家に入って間もない頃に、彼女に懐かれていたんだ」

要するに、咲弥が昔、幼い杏子に「咲弥さんのお嫁さんになりたい」と訴えられ、曖昧に流してしまった結婚の約束が、彼女の中で真実となってしまったのではないか、ということだった。

また日森夫妻もおそらく、娘である杏子をその気にさせるようなことをほのめかしていたのではないかと。

「では、杏子さんと登校されていたのも？」

「知ってたのか……。ごめん。いや、ただ、無下にもできないし、一度でも付き合えば彼女も満足するかと思って誘いに乗ったんだけど、嫌な気持ちにさせたね」

「いえ、嫌な気持ちというほどでは。お話を聞いて納得いたしました」

「うん……そういう話もまったくなかったわけではなかったんだ。時雨の家と日森の家は、それこそ気が遠くなるほど昔からどうやら繋がりがあるらしく、何度か婚姻も結んでいたようだし。杏子さんが僕に懐いているのなら、将来、夫婦にしてはどうか、と」

説明した咲弥は、肩を竦める。

「もちろん、僕はまったく乗り気ではなくって、杏子さんに懐かれてもそんなに優しくした覚えはないんだけどな……。そもそも、時雨の家の都合で結婚をするなんてごめんだから」

彼の語気が珍しく荒く、朝名は視線を上げた。

時雨家への嫌悪が滲んでいたように感じたけれど、咲弥は少し困ったような表情をしているだけだった。

たぶん、優しくした覚えはないと本人が思っていても、杏子から見たら十分に優しかったのだろうな、と昔の自分と重ねて苦い気持ちになる。

「先生。でも、私との縁談は」

受けたんですよね？　と口にしようとして、言い淀んだ。

なんだか、彼を責めているようでもあるし、嫌みっぽい気もしたからだ。

「君との縁談は違うよ。時雨の都合ではなく、祖父の都合。だから、受けることにした。こういう言い方をしたら君は気分が悪いかもしれないけれど」

咲弥は笑いながら、朝名の言いかけた言葉を受けて答える。もちろん、気分が悪いなどということはない。いや、むしろ。

「……断ってくださっても、よろしかったのに」

ぽつり、と本音を含んだ呟きを落として、朝名はうつむく。

彼のほうをとても見られそうにない。

怒り、悲しみ、失望。あるいは呆れ笑いや、困惑。どれが彼の顔に浮かんでいても、つらくなることは、容易に想像できた。

「君は、僕との結婚が本当は嫌なのか。結婚が嫌なのか、僕が嫌なのか、もしくは両方？」

「………………」

何も返せない朝名の隣で、咲弥がぐっと脚を伸ばした気配がした。

「まあ、いい。今は。こんなに気持ちがいいのだから、昼食を楽しまないと損だ」

すっかりこの場所になじんで、あっけらかんと言う咲弥に朝名も「そうですね」とうなずく。

二人はそのまま、何を話すでもなく黙っていた。

今日の人魚の花苑は、いつにもまして居心地がいい。そよ風が吹けば、さわさわと椿の茂みを軽やかに鳴らし、池の水の冷気を乗せて涼やかさを届けてくれる。陽光もまだ真夏にはほど遠く、適度に柔い。この場所が曰くある土地だとは、きっと誰も思わない。

朝名が檜の弁当箱の蓋を開けると、白米に梅干し、玉子焼き、蕪の和え物や蕗の煮つけなどがきっちりと隙間なく詰められている。当然ながら、天水家の使用人の手製である。

いつもつれない態度の使用人たちではあるけれど、腕は確かだ。

こうして毎日の弁当を用意してくれ、朝名の世話も嫌がったりはしない。だから、なるべく顔を合わせたら礼を言うようにしている。

横目に咲弥の弁当をのぞきこむと、こちらは曲げわっぱの弁当箱で、中には少々不格好な握り飯とたくあんだけが詰められていた。

朝名の視線を感じたのか、咲弥は苦笑いする。するり、と顔の横の髪を耳にかける動きが、妙に艶めいている。

「あまり見られると恥ずかしい」

「あ、ご、ごめんなさい」

「いや、いいんだ。……君のと比べると、あまり見栄えがよくないだろう？　母は料理がさほど得意ではなくてね。でも、味は悪くないんだ」

朝名は驚いて口元を押さえた。

「まあ。お弁当を、お母さまが？」

「そう。僕は今、時雨家の本邸ではなくて、母の住む家から通っていてね。通いの女中もいるのだけれど、母が何かと手を出したがるものだから」

口調は呆れたようだったが、咲弥のまなざしはとても優しく、愛おしそうで、ぬくもりが感じられる。口で何と言おうと、彼が母親を大切に思っているのが伝わる。

咲弥が妾腹であることは聞いている。先ほどの時雨家への嫌悪といい、咲弥が母を大切にし、その母を妾にした時雨家当主に複雑な感情を抱いているのが察せられた。

「いいですね。お母さまの手作りお弁当……」

別に他意があったわけではない。自然と口を突いて転がり出た本音。咲弥の目が、心なしか気まずげに逸らされる。

「……うん。僕はとても幸せ者だと思う。祖父も母もいて、君もいる」

「え、あの、私も？」

「そう。君が僕に一線を引くのは、家に近づけたくないからだろう？」

ひゅ、と朝名は息を呑んだ。

まさか、ばれているなんて。いや、朝名の態度や昨日のような天水家の様子を見ていれば、自然と察せられることかもしれない。

しかし、肯定はしなかった。代わりに、朝名は呟く。

「先生は、意地になってらっしゃるだけです。私を憐れんでくださるのは結構ですが、それでは父や兄の思うつぼです」

「いいよ、それでも。……僕はね」

ここで君と過ごす時間を、気に入っているんだ。

咲弥は朝名のほうを見て、確かにそう言った。その言葉は、今までのどんな言葉より朝名の中に沁みわたり、うれしくなる。朝名も、同じ気持ちだったから。

しばし、二人は無言のまま、箸を進めた。

ただ、不思議といたたまれない沈黙ではない。

人魚の花苑に満ちる草木や水の気配、香り、鳥の囀りに耳を傾け、隣に腰を下ろした婚約者の存在を感じていると穏やかな気持ちになれた。

「ごちそうさまでした」

やがて、先に食べ終えた咲弥が弁当箱を片付け始め、遅れて朝名も「ごちそうさまでした」と手を合わせる。

特段、会話が弾んだとか、そういったことはない。だというのに、なぜだかとても満たされた気分で、朝名は息を吐いた。

ここで、ひとりでいるとときどき、自分の存在がひどく希薄に感じられる。

水になりたい――。

透きとおった綺麗な水になって、川に流れ込み、どこまでも、遠くへ、遠くへ流れてゆき、いずれは大海原に溶け込んで、そのひとしずくになる。そうすれば、誰も朝名のことに気づかない。

何にも縛られず、喜びも悲しみもなく、ただ海を揺蕩《たゆた》うのはきっと幸せで、満たされる。

そんな荒唐無稽な願望がまるで具現化するかのように、自分が自然の中にすっかり溶け込んでしまった心地になって、時間を忘れるのだ。

けれど、咲弥といるとそんなふうには少しも感じなかった。

逆に、しっかりと己が地に足をつけて、ここに存在しているのだと、自覚させられる。

「朝名さん」

「はい。なんでしょう」

「今日の放課後は、空いている？」

何とはなしに投げかけられた問いに、朝名は顔を上げた。

「ええ、まあ……」

学校以外の場所へ行く自由はあいにく持ち合わせていない。どこへ行くにも監視の目がついてきて、余計な行動をすれば間違いなく咎《とが》められる。

「うん。だったら、少し僕に付き合ってくれないかな。今日から君の家にお世話になろうと思っているんだけど――」

「今日から⁉」

「今日から。それで、必要な物は最低限にして、買って済まそうかと思って。だから、その買い物に付き合ってほしいんだ」

急な話に朝名は目を白黒させた。

咲弥が本気かどうかすら疑っていたのに、いきなり今日から転がり込んでくる気だったとは。

というよりも、咲弥の決断力と行動力に驚かされる。

「あの、でも私、外を勝手に出歩いてはいけないと……」

咲弥と一緒にお出かけ。とても魅力的な提案だが、朝名が逃げることを何よりも警戒している父に知れたら大変だ。

うつむいた朝名を、咲弥の視線が捉えた。

「見張りがついているのに？」

「気づいていらっしゃったんですか」

咲弥がさらりと口にした内容は、朝名をさらに驚かせるには十分だった。

朝名につけられている監視は、その道の手練れである。何も知らない素人が彼らの存在を悟るのはほぼ不可能、知っている朝名自身でさえ、どこにいるのか見当もつかないことが多い。

だというのに、咲弥は看破していたのだ。

「先生は、只者ではありませんね」

上目遣いに胡乱げなまなざしを向ければ、「そんなことないけれど」と何やら、黒いものを含んだ笑みを返された。

「もし見張りの連中からお義父上《ちち》に話がいっても、言いくるめる方法はいろいろある。なにしろまだ、持参金は納めていないわけだから」

ふふふ、と笑う咲弥に、朝名は口許を引きつらせる。

美男が悪巧みをしている顔は、迫力があって余計におそろしいのだと、いらぬ知識を得てしまった。

（せ、先生って意外と腹黒いところもお持ちなのね……？）

ただ綺麗で優しいだけの人ではないようだ。それはそれで、とても心強くはあるが。

「さ、戻ろう。皆に見つからないように」

咲弥にうながされ、人魚の花苑の出口へと歩く。

いつも、教室に戻るときや家に帰るときに感じる億劫さや、憂鬱さはちっとも浮かばない。

「先生、ありがとうございます」

朝名の微かな声に、咲弥は振り向かない。

見張りに気づいていたということは、朝名に自由がないことも、咲弥は悟ったのだろう。だから、こうして連れ出してくれようとする。

たとえ朝名の本性を彼が知らない今だけだとしても、その心遣いが、何よりもうれしい。

うれしいと感じられる自分が、少しだけ、好きになれた。

集合場所は、人気のない講堂の裏。

さらに念には念を入れ、人目を避けに避けて集合場所へやってきた朝名は、咲弥の訪れを待つ。

父や兄の言いつけを破り、しかも咲弥と街へ出ることを考えると、そわそわと落ち着かない。

同時に、級友にばれてしまいやしないかと不安でもあり、咲弥と過ごす時間が長くなればなるほど先のことを考えるのが嫌になる。

（……先生は、納得してくれないでしょうね）

朝名が縁談をなかったことにしてほしいと言ったら、彼はどう判断を下すだろう。

朝名のことを哀れに思って、関係を続けるだろうか。あるいは、朝名の希望を聞き入れ、身を引くだろうか。

どのみち、朝名の身体のことを知ったら、今と同じではいられない。

そんなふうにひとり、だんだんと暗くなる思考に浸っていたところへ、咲弥が姿を現した。まだ、日が落ちるにはやや早い時刻である。

「ごめん、待たせてしまって」

「いいえ。お仕事は、平気なのですか」

こちらへくる咲弥を見ただけで、朝名の陰鬱な心は浮上する。自分のことながら単純で、呆れてしまう。

「平気だよ。意外とね。仕事は持ち帰ることもできるし……洋行している間、研究室に厄介になっていたときのほうがきつかったな」

「研究室？　先生は何か、研究をされていたのですか？」

「まあ、少しだけね。僕自身は雑用係みたいなものだったけれど。泊まり込みで教授の身の回りの世話とか、資料を集めてまとめたりだとか、実地調査に同行したりだとか。

この教授というのがまた変わり者で――」

咲弥の言葉のひとつひとつが、出会ったことのない希少な宝石のように煌めいて聞こえる。

見知らぬ国、見知らぬ文化。見知らぬ生活。

朝名は彼の話をもっと聞いていたいと願う。過去のことも、現在のことも、彼の話ならなんでも聞きたい。

自然と、作り物ではない笑みがこぼれた。

「大変そうですけれど、なんだか楽しそう」

「……うん、そうだね。楽しかった」

朝名を見てはっとしたような顔をした咲弥は、すぐに相好を崩してうなずく。

「行こうか」

「はい」

二人は、下校する女学生の流れが落ち着いた学院の構内を、密やかに歩いた。

昼間の学院はあれだけ喧騒に満ちているのに、今はただ、二人の歩く足音だけが耳朶を打つ。

けれども、誰かがまだ居残っていて、咲弥と二人でいるところを見られるのではないかと少し緊張した。

外で待ち合わせすればよかったかと思う。しかし、たぶん、朝名がひとりでふらふらしていたら、見張りの者に止められただろう。

何事もなく校内を抜け、道に出る。

咲弥と合流する前に、すでに送迎の自動車は帰してしまってある。運転手は朝名の最近の勝手な行動もあって渋い顔つきをしていたが、特に咎めだてしてくることはなかった。

「にぎやかですね……」

二人で大通りに出て市街電車に乗り込む。車窓の向こうで、道を往来するたくさんの人や街並みが、ゆっくりと流れ去っていく。

市電に乗るのは、ずいぶん久しぶりだ。

車内は混みあっていた。

スーツに身を包んだ紳士もいれば、スカートを穿き、花とリボンの飾りのついた帽子をかぶったモガも、初夏らしい単衣を纏った男女もいる。

もう何年も、家の自動車で女学校と家の間を移動するのみだった朝名は、その雑多なざわめきも、香りも、落ち着かない。

座席に座り、じっと街の気配を感じている朝名に、吊革につかまって立つ咲弥は静かな双眸《そうぼう》を向けた。

「市街にはあまり？」

「はい。……そんな勝手はできませんから。私が家を出たら、父や兄が血相を変えて追ってきますし。女学校に通わせてもらえているのが、奇跡です」

大叔母のように、表向きは気を病んだことにして、家に閉じ込められてもおかしくなかった。

朝名は運がよかった。

父の光太朗が、大叔母に続いて家からまた気病みが出ることを醜聞と考え、避けたからだ。

表向き、朝名を死んだことにしてもよかったが、どうやらそれを止めたのは勝井子爵らしい。

なんでも、教養を身に着け、世の中を知り、ある程度の志を持った女だからこそ、虐めがいがあるのだとかなんとか。父が得意げに言っていた。

つまり、どこまでいっても朝名は金持ちの道楽のための道具なわけだけれど。

「――ここで降りよう」

市電が止まると、先に降車した咲弥から差し伸べられた手に躊躇いがちに摑まって、朝名も降りる。

山手よりも下町に近い街並みは、洗練されているとは言い難く、非常にごみごみしていた。

軒を連ねる店も、そこに立つ幟《のぼり》も、人々の格好も色彩はいちいち鮮やかで派手、意匠も奇抜で見慣れないものばかり。まるで街全体が縁日に出る露店のように、何もかもが鮮烈だ。

姦《かしま》しいといえど、基本的には行儀よい女学校では感じられない独特の賑やかさに、朝名は圧倒される。

ここに来るのは、幼い頃、まだ家族と一緒に出かけられていたとき以来かもしれない。

隆盛著しい帝都の風景は、昔とはまったく異なっている気がした。

「せ、先生、手は」

はっと我に返り、朝名はしばらく繋いだままだった手を離す。咲弥はその手を、なんとも微妙な面持ちで見つめていた。

「あ……つい。申し訳ない」

「いえ」

「そういえば、前からなんだか気になっていたのだけれど、その手袋――」

唐突に手袋の話題が出てきて、肩が跳ねる。

ほかならぬ咲弥からもらったレースの手袋に包まれた手を、朝名は咄嗟に背に隠した。

「て、手袋が何か？」

「ああ、昔、母がそれに似た手袋を持っていたな……っていうのを今、急に思い出した」

「へ、へえ」

まずい。否、何もまずくはないのだけれど、朝名は冷や汗を滲ませた。

いいのだ。咲弥が朝名と過去に会っていたことを思い出したとしても。問題になるような話ではない。

しかし、どうしてか、ばれたくないという気持ちがある。

（小さい頃の、泣いていた自分が恥ずかしいから？　それとも、どういう反応をしたらいいかわからないから、かしら）

自分の心なのに、よくわからなくて焦ってしまう。

「あの手袋、確かあげてしまったんだよね」

虚空を見つめながら記憶を探る咲弥を、固唾を呑んで見守る。

「そう、あの日の前日……小さな女の子に。って、君には退屈な話だったか。ごめん、行こう」

結局、咲弥は思い出そうとするのをやめたらしく、朝名は胸を撫で下ろした。

危ないところだった。けれど、すでに彼は答えにたどり着いている。その『小さな女の子』と朝名とがいつ結びついてもおかしくない。

（せめて、先生が思い出す前に縁談がなくなればいいのだけれど）

二人はそのまま街中を歩き、店を見て回った。

咲弥の買い物はたいしたものではなく、歯ブラシや剃刀、西洋手拭《タオル》といった日用品だ。

聞けば、着替えなどは手元にあるものを持っていくという。

「寝具や食器類は、我が家に来客用のものがあるので、それでよろしいかと。手拭などもこちらで用意できますし……」

朝名は、咲弥が泊まるのに何が必要か、思案を巡らせて呟く。

「ありがとう、朝名さん。僕の個人的な用に付き合ってくれて」

「いいえ！　先生のお役に立てるのはうれしいですから」

咲弥があらたまって礼を述べるので、慌てて首を横に振った。

本当は、咲弥には天水家に来てほしくない。彼の身が心配で、朝名の心は千々に乱れることが間違いないからだ。

一方で、朝名は舞い上がってしまう気持ちを止められなかった。

例えるなら、荒れ果てた道に野花が一輪咲くような。闇の中に一条の光が射すような。

そんな心地だ。

期待してはいけないと、よくよく理解しているにもかかわらず。

現状をなんとかしてもらいたいとか、自分の味方になってほしいだとか。そんなふうに思ってはいけないのだ。

なぜならそれは、彼にとって不幸でしかない。

「そう言ってくれるとありがたいよ」

「本心です！」

「だったら、ますますありがたいね」

言い合って、顔を見合わせ、同時に噴き出す。別に何が可笑しいわけでもないけれど、穏やかな空気感が、愛おしい。

咲弥と話しているときだけは、不安を抱えた自分を忘れられる。

「そうだ。朝名さんは、甘いものは好き？　この先に、美味しい餡ぱんを作っている店があるんだ。もしよかったら、行ってみない？」

「餡ぱん……！」

咲弥の口にした言葉に朝名は目を輝かせる。

甘いものは大好きだ。菓子でも、水菓子でも。和でも、洋でも。

家では甘味を食べすぎると血に不純なものが混じると言って、滅多に食べる機会がないので、いっそう執着するようになった。

「行きたいです。とっても」

「じゃ、行こうか」

「はい。先生も、甘いものがお好きなんですか?」

その店に向かいながら、朝名が訊ねると咲弥は「人並みだよ」と答える。

「甘いものも好きだし、酔わないけど酒も好きかな。甘党と辛党の間といえばいいか」

「そうでしたか。私、お酒はちょっと。昔、ちょっぴり舐めたらすごく苦く感じてしまって」

おまけに、ひどく叱られて殴られた。

酒を飲むと、酒精が血に混じって質が落ちる、お前は家業を軽く見て馬鹿にしているのか……などと。

甘味よりも酒のほうが人魚の血の娘の体質に影響するらしく、それ以来、酒にはいろいろな意味で苦い印象だけ残ってしまった。

「ああ、小さい頃は僕も、あんな不味いものを美味いという大人の気が知れない、と思っていたなあ。懐かしい」

「ふふ。先生の小さな頃って、ちょっと想像できません」

「普通だよ。普通に生意気で、普通に臆病で、普通に無知な餓鬼さ」

にこやかだけれど投げやりな口調で言い、咲弥は肩を竦める。微かに含まれるのは、子どもだった自分に対する無力感、なのだろうか。

彼が幸福なだけの良家の子息ではなかったことがうかがえた。

道を真っ直ぐ進むと、だんだんと甘い香りが漂ってくる。次いで、『あんぱん』『まんじゅう』『もなか』などの幟を掲げた小さな商店が見えてきた。

新しい店ではないようで、焦げ茶色の木の店構えから老舗の雰囲気がずっしりと伝わってくる。

「着いたよ。ここだ」

「お店に入る前から美味しそうなのがわかりますね」

朝名が真剣に返せば、咲弥はく、と喉を鳴らして笑った。

「それを聞いたら大将も喜ぶよ。――こんにちは」

暖簾を片手で上げ、引き戸を開けて、咲弥が店の中に声をかける。すると、奥からいかにも無愛想な、黒灰色の作務衣を着た壮年の男が顔を出した。

「おう。なんでぇ、咲坊か」

「大将、ご無沙汰しています」

「ご無沙汰もご無沙汰じゃねぇか。何年ぶりだ」

男――大将は、ぶっきらぼうに眉をひそめる。ただ、そこにいやらしさはなく、咲弥を嫌っているわけではなさそうだとわかる。もしかしたら、単に咲弥を心配していた、と言いたいのだろうか。

咲弥は重々承知しているようで、明るく微笑んだ。

「どうでしょう。三年ぶりくらいですかね。洋行していたもので」

「細けぇこたぁいいわ。そっちの嬢ちゃんはなんだ」

大将の目が朝名に向く。立派な身体つきの彼は眼光も鋭く、咲弥の知己であると知らなければ思わず後ずさっていたかもしれない。

朝名は渾身の愛想笑いで会釈する。

「お初にお目にかかります。天水朝名と申します。時雨先生には、夜鶴女学院で国語を教わっております」

「時雨先生だぁ？」

「僕は今、夜鶴女学院で教師をしているんですよ」

訝しげに声を上げた大将に咲弥が説明すると、大将の眉はますますひそめられた。

「お前が教師なんてタマかよ。あの、なよなよしてた咲坊が」

「やめてくださいよ。これでも評判は上々ですよ。それに教師の職を用意したのは祖父ですから。『お前は放っておくと高等遊民を気取りそうでいけない』と」

「ちげぇねぇな」

無愛想だった大将がようやく表情を和らげ、呵々と笑う。

会話が一段落したところで、咲弥が餡ぱんを二つ注文する。

久しぶりに咲弥が買いにきてくれたのに焼きたてでないのが不満だ、と大将はぼやいていたけれど、白い包み紙に包まれた丸い餡ぱんは、冷めていても見るからに美味しそうだった。

「嬢ちゃんの分はまけといてやる。勘定は、咲坊の分だけでいいぞ」

咲弥が懐から財布を取り出すと、また厳めしい顔つきに戻った大将が言う。これには朝名もさすがに口を挟んだ。

「そんな、私、自分でお支払いします」

「いいよ。朝名さんの分は僕が払うから」

「でも」

いくら咲弥に止められても、これればかりは黙っているわけにいかない。少額ではあるが、朝名だって金をまったく持っていないわけではないのだ。

「今日付き合ってもらったお礼だよ。この前の、傘を貸してもらったお礼もあるし」

「傘なんて……今日のことは、元はといえば我が家のせいでしょう」

そもそも、天水家に何の問題もなければ、結婚を前にして咲弥が引っ越すなどと言い出すことはなかったはずで、それに伴うこの買い物も本当ならば不要。

むしろ、今日のことに関しては朝名が付き合って当たり前なのだ。

「だから、お前はお前の分だけ払っとけ、咲坊。めんどくせぇ」

大将に言われたとおり、咲弥の分だけ会計をして朝名たちは店を出た。

いつまでも言い合いをしていても店の迷惑なので、仕方ない。

大将には朝名も、よくよく礼を述べたが、なぜか『礼儀正しい、良い嬢ちゃんだな』とやけに大袈裟に褒められた。

「朝名さん、大将に気に入られたね」

店を出てすぐ、訳知り顔でうなずく咲弥に、朝名は困惑する。

「私、当たり前のことを言っただけなのですが……」

「当たり前のことを当たり前にできるのが良いってこと。朝名さんは大将のいかつい見た目にも臆さず、きちんと挨拶していたしね」

「それは、先生の信頼されている方ですから」

店の近くには、あつらえ向きに長椅子が設置されている。朝名と咲弥はそこに並んで座った。

手の中の餡ぱんをひと口、齧る。

「お、美味しい！」

ほのかに酸味を含んだ、ふっくらとした生地に、ねっとりとした上品な甘さのこしあん。その二つが口の中で混じり合い、最高の美味を作り出していた。

さらに、食べ進めていくと、パンの中央にちょこんと載せられた桜の塩漬けに当たる。

その塩味がまた、違った美味さへと繋がり、まったく飽きがこない。

いくつでも食べられそうな気がしてしまう。

「よかった。美味しいよね、大将の餡ぱんは」

「はい！　初めて食べました、こんなに美味しいもの……」

咲弥が店主と親しくなるほど通うのもわかる。朝名も自由さえあれば、今度は自分で買いに行きたいくらいだ。

ひと口、ひと口、ゆっくりと堪能し、朝名が食べ終えた頃。

ふと、咲弥を呼ぶ堅い声が聞こえた。

「やはりここだったか」

「深介……」

現れた青年は、咲弥と同じくらいの年齢であろう。

しわひとつない三つ揃いのスーツを着こなし、髪もしっかり櫛を入れて整えてある。

長身で痩躯《そうく》、容貌も美しいが、どこか冷たい印象が強い。

隅から隅まで、頑なな硬質さが滲み出ている。

深介、と呼ばれた彼は、ただ咲弥だけを見ていた。

一方の咲弥の様子をうかがうと、やや気まずそうに顔をしかめている。

「あれ以来、連絡のひとつも寄越さないから何事かと来てみれば」

「ごめん。……忙しかったんだ。心配ない」

「忙しかったというわりに、遊びには余念がないようだな」

なんとも厭味ったらしい。朝名は思わず深介を睨みそうになった。

誰がどこで何をしていようが、勝手ではないか。たとえ友人でも、私生活を束縛されるいわれはない。

咲弥が何も答えないため、ただ重たい沈黙が落ちる。

しかし、そんな空気など気にも留めないのか、深介は少しも悪びれない。

「話がある。お前の今後にかかわることだ。この後、どうだ?」

咲弥は大きくため息を吐いた。

「無理だよ。僕はこれから、彼女と彼女の家に行くことになっている。君に付き合う余裕はない。話なら、今ここで聞く」

「……他には聞かれたくない」

深介は厳しい眼差しで一瞬、朝名を突き刺す。おそらく、話をするのに朝名が邪魔であるという意味だろう。

朝名は空気を読み、立ち上がった。

「私は離れていますから、どうぞ、お話しになってくださいませ」

「ごめん、朝名さん」

「いいえ。殿方のお話の妨げになってはいけませんから」

軽く頭を下げ、少し離れた場所に立つ。

咲弥は深介をうながし、店と店の間の、陰になっている路地に入っていった。

◆

咲弥は「それで？」と深介に問う。

多少、棘のある口調になってしまったのは、仕方あるまい。深介は咲弥の事情をよく知る友人であるが、朝名へのあの態度はいただけない。

深介は不快感をあらわにした。

「お前がちっともつかまらないから、仕方なく探す羽目になったというのに。どこの浮かれ人かと思ったぞ」

「ずいぶんな言い様だね」

茶化すように肩を竦めると、深介の眉間のしわがいっそう深くなる。

「……あの女学生、天水朝名だろう。あの天水家の娘の」

「そうだけれど」

「あれほどかかわるなと言ったのに！」

普段から絵に描いたような堅物で、決して動じない深介が、らしくもなく感情的になる。

内心で驚きつつも、咲弥は静かに息を吐いた。

「彼女は悪い子じゃない」

「だとしても、天水家は真っ黒だ。『人魚の血』についても調べれば調べるほど、厄介な事実ばかり上がってくるんだぞ」

「……深介。僕は、天水家にしばらく滞在することにしたよ」

「馬鹿を言うな！」

馬鹿でもいい。咲弥は朝名を、見捨てられない。

最初はただ祖父に言われたから、自分との『運命』という言葉が気になったから、というだけだった。

けれど。

人魚の花苑で微笑む彼女、母に存在を忘れられ、父や兄に詰《なじ》られる彼女。

いつしか、痛々しい作り笑顔ではなく、彼女が心の底から純粋に笑えるようになってほしいと願ってしまっていた。

あれは『もしかしたらそうだったかもしれない咲弥自身』だ。もし祖父や母という味方がおらず、ただ時雨家に縛られていたら、咲弥もあのようになっていただろう。

朝名を救うことは、昔の自分自身を救うことにほかならない。

深介の言葉が真実であるなら、人並みの幸福を得ることでさえ、彼女にとっては茨の道なのだろう。そこに付き合う咲弥も。

だとしても、もう簡単に手を放してしまうことなどできるはずがない。

「祖父さまに言われたからじゃない。悪いけど、自分の意思でもう決めた」

深介からしたら、咲弥はとんでもない愚か者に見えるに違いない。誰が見ても明らかな火の中へ飛び込む阿呆に。

けれど、その火の中に助けを必要とする人がいるのなら、飛び込んでもいいはずだ。

「お人好しもいい加減にしろ」

「僕がお人好しなんかでないことくらい、君にはわかっているはずだけど」

「成り行きで婚約者になっただけの女を無条件で救おうとするのがお人好しでなかったらなんなんだ」

「……さあね」

咲弥自身にも、わからない。深介は咲弥の態度をおざなりに感じたのか、歯噛みする。

「後悔するぞ」

「たぶん、このまま彼女との縁談を白紙にしたらもっと後悔するだろうよ」

「お前の裏の顔が奴らに知れたら、いい鴨だ。悪人にみすみす金を渡すつもりか？」

「そうならないよう、十分注意する。もちろん、悪行にも巻き込まれないように」

時雨家とは関係なく、金なら個人で稼いだものを腐るほど持っている。あの持参金程度なら、時雨家や祖父の手を煩わせるまでもなく己の懐から出せるが、悪用させるつもりはない。

ぴしゃり、と言い返すと、深介は押し黙り、目を逸らした。

「君が心配してくれることには、感謝している。ただ、自分の選んだことの責任は自分でとるから、平気だよ」

「……お前には、そんな面倒で、困難な道を選んでほしくなかった」

弱々しく呟く彼の眦《まなじり》は、わずかに赤らんで見えた。

深介に背を向け、咲弥は朝名のところに戻った。

ひとりで立ち尽くす彼女はひどく頼りなく、心細そうで、少しの間でも彼女をひとりにしたことを後悔する。

いつでも笑顔で、気丈に振る舞う朝名は、外見に拠らずしっかりしているように思えて忘れそうになるけれど、好んで独りでいるわけではないのだ。

「お待たせ」

「先生、ずいぶんお早いですね」

咲弥が声をかけると同時に、ぱっと表情を明るくした朝名は、年頃の乙女らしくなんとも愛らしい。

「よろしいのですか。先生のご友人なのでしょう。もっとゆっくりお話しされたほうが……もし私が気がかりでしたら、ひとりで帰れますから」

「いいんだ。これ以上は、時間が遅くなってしまうし。友人だから、たぶん、わかってくれる」

「行こう」

現状を変えよう。そう、心に決める。

人魚だろうが、八百比丘尼だろうが、天水家を変え、朝名も守り、深介の懸念どおりにならないように咲弥が努力をすればいいだけだ。

五章　天水家

「さっそく今日からお世話になります」

にっこりと非の打ち所のない笑みでそう挨拶した咲弥を、上座にいる光太朗は、苦虫を噛み潰したような面持ちで迎えた。

天水家の座敷には、朝名と咲弥、光太朗、浮春、桐子と天水家の人間が顔を揃えている。

祖父母も一緒に暮らしているが、すでに身体も弱って近頃は床についていることが多く、ここにはいない。朝名は正直、祖父母に対してどうしても萎縮してしまうので、不在はありがたかった。

なにしろ、大叔母の命を絶ったのはほかならぬ彼女の実の兄、祖父であるからだ。

「息子が許したのであれば、君がこの家に滞在することについて私から言うことはない」

「はい。ありがとうございます」

咲弥が丁寧に頭を下げると、光太朗は眉を寄せ、不愉快そうにした。

初対面で朝名を叩く姿を見られている咲弥に対して、父はどうやら外面を取り繕わぬ方針のようだ。

咲弥はそんな光太朗の態度を、まったく意に介さない。

「本当に来るとはな」

ぼそりと呟く浮春。どうでもいいのだろう、その声音からは、どんな感情も読み取れない。

「僕はいい加減なことは言いません。その点は、信用していただいて構いませんよ」

「面倒くさいな、君」

「よく言われます」

咲弥はまたもや、うっとりするような笑みで答える。浮春は彼を見て、口許を歪めた。

「時雨君」

「どうぞ、咲弥とお呼びください。お義父上」

「……時雨君。君をこの家に置くのに、条件がある」

咲弥の申し出を無視し、光太朗はゆっくりと口を開く。

「すぐにでも籍を入れ、持参金を納めることだ。式はあとでいい。これができないのであれば、ただちに出て行ってもらう」

「そんな！」

それまで黙っていた朝名は、思わず声を上げた。

なんという横暴。これでは、金以外の存在価値はないと正面切って宣言しているも同然だ。条件を呑んだら最後、咲弥はあっという間に身ぐるみを剝がされ、その身にも危険が及ぶ可能性がある。

「お前は黙っていろ」

光太朗に鋭く一喝され、怯む。しかし、そのまま黙ってはいられない。

「ですが、持参金、持参金と、お父さまは先生ではなくお金を婿入りさせるおつもりですか」

「同じようなものだろう」

「な……」

咲弥に対し、失礼きわまりないあまりの言い草に、朝名は絶句した。光太朗は平然と腕を組んで咲弥を見遣る。

「そもそも、持参金の額を提示したのは時雨家だ。そちらから勝井子爵を上回る額を出すと言い出したのだから、当然、我が家の方針も承知の上で話を持ってきたのだろう。何を遠慮する必要がある」

「……ええ、そうですね」

けれど、その暴言を受け止めた咲弥の笑顔は、まったく崩れない。

事もなげに言う光太朗と、穏やかに笑み続ける咲弥。この二人の様子だけ見ていると、軽い世間話でもしているかのようだ。

「わかりました。その条件で問題ありません。今すぐにでも届に署名いたしましょう」

「先生……」

「僕は決めたことを覆すつもりはない。だから、籍を入れるのが今日でも明日でも一年後でも、大して変わりないよ」

咲弥に言われてしまえば、朝名は黙るしかない。

結局、自分は失敗したのだ。何ひとつ、成し遂げられなかった。咲弥を天水家にかかわらせないために、何ひとつ。

（……あとは、私の身体のことを知らせて幻滅していただくくらいしか）

さすがに妻となる女が化け物とわかれば、今のように泰然とはしていられないはず。どんなに理性で受け入れようとしても、本能で拒絶するに違いなかった。

人魚の血の娘。この体質にこのような望みをかけたのは、初めてだった。

その後、挨拶の場はお開きとなり、夕食を兼ねて歓迎の宴となったが、朝名は自室に戻らされる。

未だに咲弥を浮春の知己であると思い込んでいる桐子が、張り切って準備をしたらしい。

無論、歓迎など名ばかりで、浮春などは相変わらず何も言わないし、光太朗は金さえ手に入ればそれでいいと思っているようだ。

婚姻届は明日書いて提出することになった。同時に、持参金も全額、天水家に支払われる予定である。

遠くから、たまに浮春の笑い声や、桐子の高い話し声などが聞こえてくる。ずいぶん咲弥に酒を勧めているようだ。朝名はそれらに自室でじっと耳を澄ませていた。

「まだ先生が殺されてしまうことはないだろうけれど……私は、どうしたら」

できれば咲弥のそばについていたかったが、食事時に朝名が近づくことを家族は嫌う。台所への立ち入りも、朝名に流れる人魚の血のことがあるので禁止されているし、破れば問答無用で学校を辞めさせられる約束だ。

(……無力だわ)

朝名の部屋は、廊下に面した襖を開けると、壁の内側はくすんだ茶色の太い木の格子で囲われている。そこには小さな出入口と、明かり障子の窓がついているのみ。

中には文机と布団、鏡台、洋燈《ランプ》に箪笥。余計なものはいっさいない。すべて、父や兄に与えられたものだ。厳密には、朝名のものとはいえない。

家の庇護——という名目の支配下にあるかぎり、朝名には何もできない。

しかし、家の庇護下から出れば、もっと何もできない。朝名にあるのは、この忌まわしい身体ひとつだけだから。

ただ恩人を巻き込まない、そんな単純なことさえこんなにも難しい。

膝を抱え、そこに顔を埋める。

そのまま微動だにせず、どれほどの時間が経過したか。いつの間にか居間のほうから宴の気配は消えていた。

「──朝名さん？」

ふいに、襖の向こうから咲弥の声がする。朝名は「はい」と返事をしながら慌てて立ち上がり、襖を開けた。

「先生。どうされたんですか」

「いや、君と少し話せないかと思って……君の部屋はここだと聞いたので」

答えた咲弥は、朝名越しに部屋の中を目にして息を呑む。

「なに、この部屋は」

「私の部屋です。どうぞ、お入りください」

咲弥は呆気にとられて部屋を見回し、眉を寄せた。

「部屋というより座敷牢だ、これは……」

見事に正解を言い当てられ、朝名は苦笑する。

天水家の屋敷の、奥まった場所にあるこの部屋は、大叔母も使っていた。

そのときはろくな調度品すらなく、常に鍵のかけられた本当の座敷牢であったようだ。

大叔母はこの部屋に、死のその瞬間まで閉じ込められていた。

きちんと調度品が揃えられたのは、朝名の部屋になってから。

けれど、朝名はわざわざそれを口にはしなかった。

「適当な場所にお座りになってください。おもてなしもできませんけれど」

「……うん」

畳の上に向かい合って座ると、おかしな感じがした。

二人で話をするのはもうすっかり慣れた気がしていたのに、自室に咲弥がいると思うと妙に落ち着かない。そわそわと、腰を上げたくなってしまう。

「朝名さん」

「はい」

「今日は、申し訳なかった」

急に咲弥が頭を下げたので、朝名は面を食らった。

「な、あの、どうしてでしょうか」

「結婚のことを、君の意見を聞かずに勝手に決めてしまった」

「ああ……」

いきなり今日や明日に結婚、というのが想定外だったのは違いない。

かといって、意思確認をされていたら朝名は絶対に反対していた。自分の気持ちがどうこうという理由ではない。咲弥を天水家の一員にしないためだ。

「先生も、ご存じでしょう。私の意見は、先生と結婚しない、です」

「僕を天水家に近づけないため？」

朝名はこくりとうなずく。

「はい。ですから、先生がご意思を通されたいのでしたら、私に訊いてはいけません」

咲弥が、大きくため息を吐いた。そうして、あらためて部屋を見回す。

「君は昔からこの部屋に？」

「……ええ、はい。正確には、八年前からです」

「八年前？」

唐突に、大きく目を瞠る咲弥。予想外の反応に朝名も驚いてしまう。

八年前。ちょうど、朝名に痣が出始め、咲弥と出会った年でもある。まさか、何か思い出したのだろうか。

やや緊張気味に、朝名は訊ねた。

「八年前に、何か？」

「……ああいや。君は、理由があってこの部屋に？」

話を逸らされた、と思うも、いい機会かもしれないと考え直す。

明日には婚姻が本当に成立してしまうかもしれない。そして時雨家から持参金が天水家に納められれば、彼が無事でいられる保証はない。

だとすれば、朝名の体質について伝え、咲弥に嫌悪を抱かせる好機は今夜。

「先生。聞いて下さいますか……私の秘密を」

朝名は呼吸を落ち着けて、そう切り出した。

咲弥が神妙な顔つきでうなずくのを見、朝名は嵌めていたレースの手袋を震える指で外す。

露わになる、醜い赤い痣。

洋燈の下で彼の目にはいったいどのように映っているだろう。たぶん、とても異様で、不気味なはずだ。赤い鱗のような模様が、手首から手の甲にかけてくっきりと螺旋状に巻きついているのを見たら。

「それは、怪我の痕……かな」

「いいえ。痣です。気味が悪いでしょう？　八年前にこれが浮かんでから、私の部屋はここになりました」

どう、説明すればいいだろう。人魚の血の娘のことを。

単純に事実そのままを話しても到底、信じられるようなことではない。自分で傷をつけて治るところを見てもらうのが一番手っ取り早いのだけれど。

　しかし、話は朝名の思いもよらない方向へ進んだ。

「……八年前に痣が浮かんだのなら、僕と同じだ」

「え？」

　朝名が首を傾げると、咲弥はなにやら意を決した面持ちで着物の衿元を広げる。

「せ、先生！」

　朝名は小さく悲鳴を上げて両手で目を覆った。

　そこではた、と手を止めた咲弥の頬がかすかに赤らむ。

「ごめん、いや、違う！　違うから！」

　そう言って、着物の下に着ていたシャツの釦《ボタン》を上から途中まで外し、控えめに胸元を見せた。

「見苦しくてごめん。でも、これを見てくれないかな」

　朝名は指と指の隙間から、おそるおそる咲弥の胸元を見つめる。

　見苦しくはない。むしろ、ほどよくしなやかな筋肉のついた彼の胸元は、とても美しかった。

　けれど、それよりも目を引くもの。

　――花だ。

　ちょうど心臓の真上に当たる、胸の中央よりやや左寄りの場所。そこに赤い、大輪の花が咲いている。

自然と、朝名は顔を覆っていた両手を膝の上に戻していた。

「綺麗……綺麗な、痣」

朝名の痣とはまるで対照的な。どこか見慣れた椿の花の形に似た痣だった。白い肌に、色鮮やかに映える赤い花模様。

気恥ずかしさなんて吹き飛んでしまう、美しい痣がそこにはある。

「僕にこの痣が浮き出たのも、実は八年前のことで」

「まさか」

「本当だ。それから、僕の生活は一変した。ただの妾の子だったのに、時雨家に籍を入れることになって」

この奇妙な符合はいったいなんなのだろう。同じ年に現れた痣、それによって変わる人生。

驚き、などと簡単には言い表せない。何か、運命的なものすら感じてしまう。けれど、おそらく、朝名と咲弥では大きく異なる点がある。

「……私のこの痣は、『人魚の血の娘』の証です」

苦しい。昔の出来事を反芻するたび、あまりの理不尽に涙がこみ上げる。

「人魚の血の、娘って……」

「天水家に代々生まれる、ある特徴を持った女のことです」

朝名はなるべく己の感情を押し隠し、咲弥に説明する。

どんな怪我もたちまち治ってしまうこと。病気にもならず、手足が千切れても、心臓を刺し抜かれても、すぐに元どおりになること。そして。

――人魚の血の娘の血液は、他の人間には猛毒であること。

「猛、毒」

「私に流れるのは、毒の血です。一滴で皆の命を奪ってしまいます。死にもしない、毒の血が流れているなんて、そんなの人ではありません……化け物です」

喉が震えた。平静を装って話していたはずなのに、声が揺れる。

「いやでしょう、気持ちが悪いでしょう、近寄りたくないでしょう。だから、家族も私を遠ざけます」

朝名の血は、口や粘膜、もしくは傷口などから直接体内に入らなければ、害はない。血液以外の涙や汗といった体液は、まったくの無害だ。

だが、血液は朝名の全身を巡り流れている。よって朝名そのものが毒物のように感じられ、近くにいては皆、気が休まらないのだろう。

この部屋は、格子の入り口に鍵をかけてしまえば座敷牢となり、朝名を閉じ込めることができる。

朝名が逃げないように、勝手に出歩けないようにするため。

「『人魚の血の娘』は化け物です。この痣は化け物の証。人間ではなくなってしまった証拠」

「朝名さん」

「いきなりこんなことを告白されても……信じられない、でしょうけれど」

濃い痣の浮かぶ手が、みっともなくわななないている。懸命に笑顔を作っているのに、引き攣っているように感じられ、視界は涙でけぶった。

もう、咲弥と二人の時間は過ごせなくなってしまう。

こんな全身が毒に満ちた女と、どうして穏やかなひとときを送れるだろう。

「私の痣は、先生の痣みたいに綺麗じゃない……全然、綺麗じゃない。最低、最悪の醜いだけの痣です」

絞りだすように言って、うつむく。咲弥の優しい声がした。

「君の手に、触れてもいい？」

朝名は答えられなかった。

いいと言えば、咲弥が自分に触れて穢れてしまってもいいように聞こえそうだったし、だめと言えば、自分から咲弥を拒絶しているように思われそうで。

朝名が黙っていると、咲弥は躊躇いなく痣が浮いた朝名の左手に触れた。

「君が何と言おうとも、僕は今の、ありのままの君を素敵だと思うよ」

「どうして……」

反射的に問うた朝名へ、咲弥の美しく、艶のある微笑みが向けられる。

「人魚の花苑があって、君がいて。静かで和やかなあの時間が僕はとても好きだ。君がいないと始まらない」

咲弥の言うことは気休めにもならない。彼はまだ朝名がいったいどれだけ他者と違うのか、まったくわかっていない。

だから軽々しく、朝名を素敵だなんて言えるのだ。

「僕は、本当は人が嫌いだ」

唐突な咲弥の述懐に、朝名は目を瞬かせた。

「え……先生が？　人が、嫌い？」

「そう。僕は八年前までずっと妾の子として、日陰者として生きていた。それがこの痣が現れてからはどうだ。大昔に二百年生きたという伝説の先祖の生まれ変わりだと——だから、嫡男である兄を差し置いて僕が跡継ぎになるかもしれないと、皆が見事に手のひらを返した」

心底嫌になったよ、と咲弥は眉尻を下げて笑う。けれど、その目は冷たく、少しも笑っていない。

「元から身勝手に母を捨てた父のことは嫌いだった。父のように、自分の行動に責任を持たない人間も。そして、僕の回りはそんな人間ばかりだった」

咲弥ははだけた胸元を整えながら、吐き捨てる。

「僕が疎ましいのなら、ずっとそう振る舞ってくれればいいのに。親族の誰もが、過去の自分の言動を忘れたようにすり寄ってきた。吐き気がした」

「先生……」

「己の欲のために、ひと言の謝罪もなしに、まるで十年来の友人かのように接してくる輩だらけでね。他人に嫌気が差してしまったんだ」

無理もない。人が遠ざかってつらい思いをしている朝名とは反対に、人が寄ってくることで傷つけられた咲弥。

状況は正反対でも、どこか似ている気がした。

「でも、君と過ごす時間はとても心地よくて……どうしてだろう。君が、僕の中に無理やり入ってこようとしなかったからだろうか。むしろ、君はずっと一線を引いていた」

「…………」

溶かされそうな心を、必死に保っていた。朝名が流されれば、簡単に咲弥との縁談は成立してしまう。咲弥を天水家に引きずり込むのは自分だ。

朝名はそっと立ち上がる。

文机の抽斗《ひきだし》を開け、中に入っていた青い表紙の本を取り出した。和訳された、異国の童話集を。

「先生。『小海姫』という物語をご存じですか」

「知っているよ。有名な童話だね」

この本は、兄の浮春が唯一、朝名のために買ってくれたものだった。

中にはいくつかの童話が収められているけれど、兄はその中の「小海姫」という物語を朝名に読ませるためにこれを購入したのだとすぐにわかった。

八年前の夜遅く、珍しくひどく酔って帰ってきた兄が手渡してきた本。朝名はうれしくなって、おすすめだという「小海姫」を読んだ。

その夜は、一睡もできなかった。

『いい勉強になったろ。お前もいつかそうなるんだ』

翌朝、浮春はいっさい感情の浮かばない瞳をして言った。

人間の王子に恋をして、声を失ってまで追いかけたけれど、気持ちにはちっとも気づいてもらえず、最期には泡になってしまった人魚のお姫さま。

泡になったのち、精霊となったものの、朝名にはそれが救いとは感じられなかった。

「この物語を初めて読んだとき、これは私の未来の姿かもしれないと本気で思いました」

水になりたい――そんな願いを持ち始めたのも、それからだ。泡にはなりたくない。精霊にもなりたくない。ただ、海の水としてその一滴となってずっと漂っていたいと。

「でも私は、先生が笑顔でいてくださるなら、それでいいです。だから」

「天水家に婿入りせず、他の女性と結婚しろと？」

「はい」

それきり、沈黙が部屋を包む。

これ以上はもう、朝名には何も言えない。あとは咲弥がどんな判断を下すか、それだけだ。

◆

咲弥はやけに目が冴えて、天井を見上げたまま、布団に仰向けに横たわっていた。

辺りはすでに真っ暗で、手元の灯りを点けると時計はそろそろ十二時を指そうとしている。皆、すでに寝静まっている時刻だ。

ちょうど宴が終わった頃から、外は雨が降り始めていた。

今や本降りとなり、ざあざあと、大粒の雨滴が激しく屋根や壁を叩き、樋からは絶え間なく雨水が流れ落ちる。

時折、遠くのほうで雷鳴がかすかに響いた。

「笑顔でいてくれるならそれでいい、か」

真実を知っても、朝名を化け物だとは思わなかった。

無論、彼女の告白には驚かされたけれども、それによっていろいろなことが腑に落ちた。

見合いの翌日、朝名に殴られた痕が何も残っていなかったことも。

彼女がいつでも手袋をしていることも。

光太朗や浮春、桐子が朝名を厭《いと》う理由も。

八百比丘尼、人魚、人魚の血。そして、人魚の血の娘。

それらに朝名がどれだけ苦しめられてきたかと想像すれば、たいそう気分が悪い。胸糞悪い、というやつだ。

「君も笑顔になれなきゃ、意味がないだろ……」

ひとりで笑っていたって、虚しいだけ。自分のために歯を食いしばって涙を堪えた朝名を放り、別の女性と結婚して知らんふりはもはやできない。

それはある意味、大嫌いな咲弥の父親がしたことと同じだ。時雨家当主としての重責や現実から逃避するために母に頼ったくせに、子どもができたと知った途端、見捨てたあの男。

つらつら考えながら、咲弥は勢いよく上体を起こした。

何やら、部屋の外で物音と人の話し声のようなものが聞こえた気がしたのだ。

咲弥に与えられたのは、六畳ほどの座敷である。客間というには屋敷のやや奥まった場所にあり、結婚後はおそらくここが、咲弥と朝名の二人の部屋になるのではないだろうか。

雨音が響く中、耳を澄ます。

気のせいだったのかもしれない。どれだけ注意深く耳をそばだてても、雨音以外には何も聞こえない。

(少し、神経質になっていたかな)

この家に何かあるのはわかっている。深介がしてくれた忠告は、心に留めている。自分との関係も何かあるのなら知りたいし、できるなら尻尾を摑みたい。

そのために、神経を尖らせすぎたか。

けれど、すぐにまた聞こえた。——悲鳴のような甲高くか細い、女性の声。ただ猛烈な雨声にまぎれてしまい、確証はない。

「……朝名さん？　いや、お義母上《ははうえ》か？」

いや、どちらであれ、咲弥の幻聴でないのならただならぬ事態には違いない。

咲弥は物音を立てないよう用心しつつ、立ち上がって廊下に面した襖に張りつく。やけに遠い。声が聞こえたのは、屋敷の中ではないのかもしれない。

襖を引いた。廊下は真っ暗で、闇に目が慣れていなければほとんど何も見えない。ただただ、どろりとした暗さだけが空間を覆っており、吸い込まれてしまいそうだ。

（家の間取りはだいたい把握しておいたけれど）

そのとき、またかすかに音がした。今度は大きなものが床に落ちたような、ごとん、という音だ。

しかし先ほどより音が遠くなった気がする。

慌てて部屋の中に戻り、外に面した障子へ近づく。障子を開ければ、その向こうには小さな小屋のような建物が見えた。

（あれは物置か？　離れ？）

どうやら短い渡り廊下で母屋と繋がっているらしい。だとすれば、やはり離れか。音はあそこからだ。

咲弥は最低限の身支度を整える。

元より、寝間着には着替えていない。袴を脱いでいただけである。寛げていたシャツの釦を留め、着物の衿を正し、袴を穿く。下ろしていた髪も、愛用の簪で素早く結い直す。

そのまま、今度こそ部屋を出た。

忍び足で、けれど足早に廊下を進む。

いくつかの部屋の前を通り過ぎ、角を曲がる。渡り廊下と外を隔てる、ガラスをはめ込んだ木戸は雨に打たれ、たくさんの雫が吹きつけていた。

はっきりと、人の声が漏れてくる。小さな悲鳴、男が何やら話す声。

それらは昨日の、朝名と、彼女に詰め寄る浮春の姿を連想させた。

緊張。焦燥。まさか、という思い。心臓が痛いほど強く脈打っている。

天水家の面々と相対することに恐れは感じていない。けれど、これからどんな光景が眼前に広がるのか、それだけが気がかりで苦しい。

『私に流れるのは、毒の血です。一滴で皆の命を奪ってしまいます。死にもしない、毒の血が流れているなんて、そんなの人ではありません……化け物です』

『いやでしょう、気持ちが悪いでしょう、近寄りたくないでしょう。だから、家族も私を遠ざけます』

彼女の言葉と、彼女の泣き笑いが脳裏に浮かぶ。この先で、行われているのは、朝名に関係していることなのだろうか。

『天水家にはよくない噂が多い。薬問屋として繁盛しているが、その裏では毒物を流通させているだの――。今はよくとも、もし今後、検挙されるような事態が起こったとき、婿入りなぞしていたら巻き込まれるぞ』

『天水家は真っ黒だ。「人魚の血」についても調べれば調べるほど、厄介な事実ばかり上がってくるんだぞ』

渦巻く不安を加速させるように、深介の忠告が蘇ってきた。

年季の入った濃茶の木戸が、やけに重々しく、厚い壁に感じられる。しかし躊躇っていては何も進まない。

咲弥は一気に木戸を開け放った。

「な、んだ……これは」

真っ先に飛び込んできたのは、生臭く、湿っぽい、ひどく濃厚な雨に似た匂い。初めは外の雨が吹き込んでいるかと思った。けれど、違う。

ぴちょん、ぴちょん、と滴る深紅。

血だ。

戸口の最も近くに立っているのは、白衣にマスク、手袋、塵除け眼鏡をつけ穿刺器《せんし》を手にした浮春。そして、その奥に同じく白衣姿の光太朗が小刀を持って跪《ひざまず》いている。その穿刺器も、小刀も赤に塗れて。

「何を、しているんだ。あなたたちは……！」

「君こそ、どうして、ここに」

応じたのは浮春だった。彼は目を丸くして咲弥の顔を見る。

「どうしても何もない、ここで、いったい何をしているんだ」

叫んでから、息を呑む。

離れの一番奥。朽ちかけの椅子に括りつけられ、ぐったりとしているのは。

「朝名さん！」

彼女は薄い寝間着一枚の心許ない姿で、うなだれているその表情はうかがえず、手足は力なくだらりと垂れ下がっている。

死――その一語が頭をよぎった。

「朝名さん、朝名さん！」

浮春を突き飛ばし、光太朗を押しのけて、朝名に駆け寄る。

「朝名さん」

触れた朝名の頬はまだ温かく、弱くはあったが息もある。

椅子に括りつけられた彼女の身体は、椅子ごと大きな平たい桶に入れられていた。彼女の全身には夥しい傷があり、その傷口にはゴム管の端がねじ込まれ、そこから血が流れて桶の中に溜まっている。

さながら、血の池だ。血の池地獄そのもの。

想像を超えるあまりに凄惨な場は、咲弥に呼吸も瞬きも忘れさせた。

「人魚の血……」

「離れろ、商売道具に触れるな」

　呆然と身動きできずにいた咲弥に、光太朗が小刀を構える。

「商売道具って……なぜ、こんなことを！　実の娘だろう。こんな、こんなことは人のすることではない！」

　小刀に怯まず、咲弥は光太朗を怒鳴りつけた。

　天水家は黒。確かに深介の言うとおりだった。咲弥の想像は甘すぎたのだ。

　毒の密売、それらも本当ならば重罪だが、さらにここまで人の道を外れた行為をしているとはさすがに予測できなかった。

　咲弥は朝名を椅子から解き、すべてのゴム管を引き抜くと、抱き上げて桶から出す。

　人魚の血の娘。彼女の特殊な体質は、遺憾なくその効力を発揮していた。

　抱き上げている間にも全身の傷はほとんどが綺麗に消え、何事もなかったような白さを取り戻している。

　軽すぎる身体を床に横たえ、咲弥は呼びかけた。

「朝名さん、朝名さん。しっかりして」

「………せん、せい？」

　おもむろに朝名の瞼《まぶた》が震え、その青みがかった黒の瞳が現れる。

咲弥は安堵のあまり目頭が熱くなった。

「先生、どう、して」

「間に合って、よかった……」

何も知らずにいたら、きっと自分を許せなかった。こんなところに、朝名を置いてはおけない。

「ここを出よう。君はここにいてはいけない」

「でも……私は」

血が足りないのだろう。朝名の意識は明らかに朦朧としていて、話すのもつらいようだった。

「無理はしなくていいよ」

と、朝名に声をかけた矢先、咲弥は肩を摑まれ、そのまま壁に叩きつけられる。浮春だった。彼は険しい面持ちで、咲弥を睨みつける。

「君は、それをどこに持っていこうっていうんだ？　なあ、おい」

「どこだっていいでしょう。朝名さんは道具ではない。あなたがたは、この家は、間違っている。彼女に犠牲を強いて自分らは甘い蜜を吸い、平然としているのだから」

「君、もう知っているんだろう。さっきの光景を見れば、すぐにわかったはずだ。あれは人間じゃないぞ。生きているだけで人の命を奪いかねない化け物だ。それを利用することの何が悪い。家畜と同じだろう。君は牛や馬をいちいち哀れむのか」

頭に血が集まるのを、自覚する。強い怒りが一瞬で噴き上がり、今にも爆発しそうなほど膨らんだ。

朝名には心があり、知性がある。彼女は己の意思を明確に抱き、他人を思い遣れる、人間だ。

今まで、彼らはいったい朝名の何を見ていたのか。十六年もの歳月をともにして。

朝名の笑った顔、楽しそうに話す様子、甘いものを食べて喜ぶ姿。あんなにも生き生きとした彼女を、家畜と言い切れる神経が、咲弥には理解できない。

「どうかしている。商売道具だの、家畜だの……何も、思わないのか？　朝名さんを、自分たちの家族を、こんなふうに扱って。人ではない、あなたたちこそ、人ではない！」

浮春や光太朗の顔には、すでになんの色も浮かんではいなかった。ただ、ぽっかりと広がる無だけがある。

咲弥の言葉を、ひとつも理解していないようだった。

小刀を構えたままの光太朗が、あっけらかんと断言する。

「金のためだ。仕方ない」

「そう。そもそも、もっとぞんざいに扱われても当然の忌み子だ、それは。人間のような日常を与えてやっているのだから、感謝されこそすれ、文句を言われる筋合いはないな」

浮春も、まったく悪びれる風もなく肩をすくめた。

己とのあまりの温度差に、咲弥はくらくらする。

常識が欠けている、そう断じるのは簡単だ。しかし、朝名は言っていた。人魚の血の娘は代々生まれていると。

であれば、彼らに沁みついたこの考えこそ、天水家における常識なのかもしれない。

彼らに何を伝えようとしても、無駄だ。

咲弥は会話をあきらめた。

「もういい、朝名さんは僕が連れていく」

「だから、それをされたら困るんだよ！」

浮春が摑みかかってくる。彼は手にしていた穿刺器を振りかぶるが、それが下ろされるより早く、咲弥は自分の髪から簪を引き抜き、その鋭利な先端を浮春の喉元に突きつけた。

「それ以上動いたら、刺す」

「お、おいおい。そんなもののために、君は人殺しをするというのか」

「ご安心ください。この細さです、刺す場所を選べば死にはしません。相応の痛みはありますが……死ななければ、問題ないでしょう」

咲弥は口の端を吊り上げる。

死なないように、痛めつける。彼ら自身が朝名にしていることと同じ。まさか嫌だとは言わせない。

咲弥の意図が伝わったのかはわからない。しかし、浮春は穿刺器を取り落とし、ぐっと口を噤んだ。

そのとき、無防備になった咲弥の脇腹めがけて、光太朗が小刀を真っ直ぐに突いてきた。

咲弥は浮春の動きを封じたまま、もう一方の手で小刀を握りしめた光太朗の手を握りつぶすほどの強い力で摑み、小刀を落とさせ、足で部屋の隅まで蹴った。

「ぐ……」

光太朗が呻くが、咲弥は続けて容赦なく腹を強く蹴飛ばす。そのまま光太朗は四つん這いになり、胃液を吐いて動かなくなった。

「……君、なんでそんなに動けるんだよ」

浮春の言っている意味がわからず、咲弥は眉を顰める。

「夕食に、睡眠薬と麻痺薬を混ぜておいたのに。そんなふうに動けるわけもなければ、この時間に目覚めるわけもない」

「ああ、なるほど」

どうりで、咲弥がこの離れを訪れたとき、驚いていたわけだ。

「あいにく、僕は八年前から薬というものが効かなくなりまして。もちろん、毒も。それに酒も煙草も、麻酔の類も……何もかも。大昔に二百年生きたとされる先祖の生まれ変わり、なんて言われるのですが、そのせいかもしれません」

「は？ そんな馬鹿な」

「同じですよ。八百比丘尼の末裔であるこの家に朝名さんのような女性が生まれるように、時雨家には僕のような人間が生まれた。それだけの話です」

素っ気なく言い捨てて、咲弥は浮春から離れ、ぐったりと身を横たえる朝名のかたわらに跪いた。

「朝名さん。しっかり掴まって」

先ほども思ったが、抱え上げた朝名の身体は異様に軽い。まるで、身体中の、すべての水分を抜きとられてしまったかと思うほど。

自由になった浮春が近づいてくる気配がある。

朝名を抱えていては、彼を倒すことはできないだろう。とはいえ、腕っぷしの弱い相手。朝名を連れていても、逃げ切れる自信が咲弥にはあった。

そのまま彼女をしっかりと抱きしめると、来たる瞬間に備える。

けれど、浮春は何もしなかった。それまで四つん這いで苦しんでいた光太朗が、止めたからだ。

「もういい。浮春、行かせてやればいい」

「いいんですか、父上」

浮春に問われ、うんざりだ、と言わんばかりに、光太朗は緩慢に立ち上がる。

「構わんよ。どうせ、化け物は外では生きていけない。むしろ、この家に囲われていたことに感謝するだろうよ」

咲弥の腕の中で、朝名が身じろぎする。

「せんせ、い……やっぱり、わた、し」

「いいんだ。君にはきっと、幸せに生きられる場所がある」

咲弥は朝名を抱え、離れの出口へ歩を進めた。浮春は冷えた双眸を向けてくるが、何も言ってはこない。

木戸を開け、渡り廊下へ一歩踏み出した。そこで、立ち止まる。

天水家にとって、最も欲するものは金。それを得るためなら、娘や妹を痛めつけることすら厭わない。だったら。

咲弥は朝名の身体を支えたまま、懐から一枚の紙切れを取り出し、無造作に床に放った。

「どうぞ。小切手です。あなたがたが何より欲しがっていたものですよ」

「なんだと！」

光太朗が真っ先に、勢いよく紙切れに飛びつく。滑稽なほどあからさまに、目の色が変わっていた。

持参金を事前に求められることもあろうかと思い、あらかじめ用意していたものだ。

「もちろん、お使いいただいて構いませんが、もし使うのであればご覚悟を」

「何、を？」

おそるおそる、といったふうに訊ねるのは浮春だった。咲弥はようやく微笑を浮かべ、答える。

「使ったら最後、朝名さんがあなたがたの前に現れることは二度とないでしょう。僕が絶対に会わせない。たとえ、朝名さん本人が望んでも。あなたがたは、その金で家族を僕に売ったんだ」

心に固く誓う。今の言葉は、最初から最後まで本気だ。

もしかしたら、朝名は家族への情から、彼らを切り捨てられないかもしれない。けれど、もし光太朗や浮春が金さえあれば朝名など不要である、と断ずるなら、そんな家に二度とかかわらせるわけにはいかなかった。

今度こそ、咲弥は朝名を連れ、離れをあとにする。

「……後悔するぞ」

背に、浮春の憎々しげな声がかかる。

「それが、外で生きていけるわけがないんだ。他人と上手くやっていくなんて、一生不可能なんだよ。時間はさほど必要ない。必ず、思い知る。それも、君も」

咲弥は振り返らない。ただ降りしきる雨の中を朝名と二人、渡り廊下から外へ飛び出した。

◆

――寒い。

朝名の意識はずっと、虚ろにどこかを漂っている。

無数の細かな痛みにさらされ、温かい血が抜けて、冷え切った身体と、朦朧とした頭とが薄膜で隔たれているように、何もかもが判然としない。

夜の暗さと、視界の暗さとが同じものであるかもはっきりしない。

血を大量に抜かれた日はいつもそう。

特に最近は、「縁談をなくすために、血を抜く量を増やす」という言質をとられてしまい、それをあてにして父も兄も、多くの注文を受けているようだった。

そのせいで、普段の何倍もの血を抜かれてしまったのだ。

慢性的な貧血により、朝名の体調が万全だったことなど、八年前からほとんどない。

「ここは……」

ようやく頭と身体が繋がって、意識がはっきりしてくると、そこは誰かの背の上だった。おぶわれている、という状況を理解するのに、十数秒を要した。

「先生？」

顔に痛いほど吹きつけてくるのは、氷のように冷たいたくさんの雨粒だ。

土砂降りの雨の中を、咲弥が朝名を背負って歩いている。

咲弥に負担をかけてはいけない。そう思い、自分の足で歩くと言おうとしたが、身体がひたすら重たくて指の一本も動かせない。

情けない。なんて、情けないんだろう。

何もできない自分が嫌で嫌で仕方なく、涙が溢れた。

「先生……ごめんなさい」

「何も話さなくていい」

「ご、ごめ、ごめん、なさい」

咲弥と、光太朗、浮春の会話は朧げな意識の中でも聞こえていた。

咲弥が朝名のために、天水家を敵に回してしまったであろうことも、わかっている。

朝名のせいだ。朝名が不甲斐ないから、咲弥の立場を悪くしてしまった。

「血の、ことも……」

聡い彼なら、きっと気づいただろう。いったい、天水家がどんな悪事に手を染めているのか。

長らく心の奥に沈んでいた澱を、つっかえながら吐き出す。

「血から……赤みを抜くん、です。それを、『人魚の涙』として……何も知らない、人たちに、売って……」

「…………」

「そして、裏で、毒を売って……います。私の血は、猛毒、だから。高額で、密売して……たくさんのお金を稼いで」

人魚の血の娘の血液は、そのまま他の人間の体内に入るとほんの一滴でも死に至る猛毒。

一方で、血の赤みを抜くと万能薬、つまり、『人魚の涙』になる。

精製するため、血を多く採っても少量の薬しかできない。それを高額で薬局に卸しているというわけだ。

しかし、人魚の涙はあくまで表の商品。これに関しても、いくつかの法を犯し、政府の役人などに目こぼししてもらって売っているものではあるが。

天水家の本当の目玉商品は、『人魚の血』のほうだ。

万能の薬と、万能の毒は、表裏一体。

朝名の以前の縁談の相手である勝井子爵は、『人魚の血』だけでなく、あらゆる禁制品の闇取引にかかわる中心人物のひとりであった。

「巻き込んで、ごめん、なさい」

涙が止まらない。

優しくて、暖かで、真っ白な咲弥と彼との記憶が、真っ黒に染められていく気がする。

申し訳なくて、苦しくて、痛くて、胸が張り裂けそうだった。

「ごめんなさい、先生。ごめんなさい」

謝罪を口にすることで、元に戻れたらと願うけれど、そんなわけはない。

時間は巻き戻せず、咲弥が天水家にかかわってしまった事実は、どうしても変わらない。

まるで滝の下にいるような絶え間ない雨に、着物にはぐっしょりと雨水が染み込み、髪からは次々と雫が落ちる。

二人の身体は、すでに氷のごとく冷たい。ただ互いに触れ合っている場所だけが微かなぬくもりを保っていた。

真っ暗な大雨の中を、朝名を背負い、咲弥は濡れ鼠となって歩き続けた。

寝間着一枚の姿の女を背負い、ずぶぬれになって深夜に家に転がり込んだ咲弥を、彼の母親である羽衣子は目を丸くして出迎えた。

羽衣子は、何も訊かない。それでも、真夜中だというのに風呂を沸かし、朝名と咲弥に西洋手拭《タオル》や着物を用意してくれた。

「先生、ごめんなさい」

「もういい、謝罪は」

「……ありがとう、ございます」

板張りの床に、毛足の長い蔓草《つるくさ》模様の絨毯《じゅうたん》を敷いた洋室は、しん、と静かだ。ソファに腰かけた朝名と咲弥以外には誰もおらず、物音もしない。

羽衣子は温かな茶を淹れて、寝室に戻っていった。

夜中に起こした挙句、さんざん世話を焼いてもらって、心苦しい。

「うん。そっちのほうがいい」

困ったように笑った咲弥は、「ごめん」とひと言断って、朝名のほうへ腕を伸ばした。

「せ、先生……！」

朝名の身体は、すっぽりと咲弥の両腕の中に抱き込まれ、彼の胸元と密着している。

まだ湿っている互いの長い髪。風呂に入ったおかげで、なんとか体温を取り戻した身体。心臓の音がどく、どく、と強く鳴っているのがわかる。

飄々《ひょうひょう》として、いつも穏やかな咲弥の鼓動が速いのは、きっと朝名のせいだ。

「先生。申し訳、ございませんでした。……やっぱり、言わせてください」

「君が、死んでしまったかと思った」

あんなにも、傷をつけられ、血を抜かれて。普通なら死んでいる。そんな光景を見せて、咲弥をどれだけ不安にさせてしまったことか。

「私は、大丈夫。先生のおかげです。ありがとうございます」

「ああ」

「先生が、助けてくださったから」

「……うん」

子どものように相槌を打つ咲弥に、ますます罪悪感が募る。

(先生。私は)

いつまでも迷惑はかけられない。婚約を続け、のちに夫婦となることは、死ぬまで咲弥に迷惑をかけ続けるということだ。

それでも、それでも。

朝名は躊躇いがちに手を咲弥の背に回す。

「先生、ありがとうございます」

何度も、何度も、咲弥は朝名を救ってくれる。この腕の中が、朝名にとって最も安心できる場所なのだと、初めて気づいた。

玄関扉を開けると外は薄曇りで、風はやや強く、木々を揺らし、家々の窓ガラスを鳴らしている。

朝名は躊躇いから足を止め、後ろを振り返った。

「あの、本当にいいのでしょうか……」

わざわざ見送りに出てくれた羽衣子は、咲弥に似た美しい細面におっとりと柔らかな笑みを浮かべる。

「いいのよ。あの子もあなたが学校を欠席したら、きっと怒るもの」

あれから、咲弥はすっかり風邪を引いて寝込んでしまった。

雨に打たれながら、必死に朝名をここまで連れてきてくれたのだから、無理もない。

しかも、薬が効かないというので余計に心配だ。

自分だけがぴんぴんしていることに、申し訳なさが増してくる。

「そう、でしょうか」

「ええ、そうよ。だから、きちんと学校で授業を受けてきなさいな、朝名さん」

「……はい」

朝名の良心は咎めるけれども、この場合、咲弥も羽衣子の言うとおり、朝名が学校に行くことを望むだろう。

幸い、着物は羽衣子に借りることができた。学校で定められた袴ではないが、こちらも羽衣子が似た色のものを貸してくれ、しばらくはしのげそうだ。筆記用具や雑記帳もなんとか調達できたが、教科書だけは隣の席の同級生に見せてもらうしかあるまい。

諸々、手を尽くしてくれた羽衣子に、朝名はすっかり頭が上がらない。

「いろいろとありがとうございます」

朝名は丁寧に礼を述べる。すると、羽衣子が「そうだわ」と手を打った。

「どうぞ」

手渡されたのは、愛らしい金魚の柄の巾着の、弁当包み。

朝名は思わず目を丸くして、慌てて言った。

「そ、そんな、悪いです。さんざん良くしていただいたのに、お弁当まで」

「でも、お昼ご飯はちゃんと食べないと。お勉強に集中できないわ」

もっともな言葉を返され、頬が熱くなる。

正直、昼食のことにまで気が回っていなかった。よく考えてみれば必要なのだけれど、恥ずかしいかぎりだ。

「では、ありがたく……いただきます」

穏やかな微笑みとともに手を振る羽衣子に見送られ、朝名は小さく手を振り返しながら、津野家をあとにした。

見慣れない道を、停留所まで歩く。

もしかしたら、いつもの天水家の自動車が迎えにきているのではないかと辺りを見回したものの、それらしき姿はない。無論、見張りの目は未だあるのだろうが、そちらは朝名には見つけられなかった。

光太朗や浮春があのますますっぱり朝名をあきらめるとは、少しも思っていない。今は一時的に見逃されているとしても、いずれ連れ戻されるはずだ。

(だめね、気がそぞろで)

学校に行っても、勉学に身が入る気がしない。

停留所から乗合自動車に乗り、朝名は慣れない路で登校する。思い返してみれば、最初から最後まで、送迎なしに登校したのは初めてのことだ。

自分の足で、自分の意思で学校へ行くのは新鮮で、尋常小学校に入学したときのように、なんだかむず痒くて、うれしい。

「お姉さま?」

学院前の道を歩いていると、後ろから声をかけられた。

「ああ、智乃さん……」

足早に近づいてきたのは、後輩の智乃だった。いつも愛らしい表情をしている彼女だが、今日は何やら、驚いたような色が滲んでいる。

「お姉さま、どうされたのですか？　今、停留所のほうから歩いてこられたように見えましたが……」

「ええ。今日はちょっと、事情があって」

「事情、ですか。では、袴が制服と違うのも？」

さすがに智乃はめざとい。

朝名はなんとか、詮索されるのを避けようと試みる。

「そうなの。どこか変かしら？」

「いいえ、変ではありませんが……」

言葉を濁し、小さく首を傾げる智乃。

「出過ぎたことでしたらごめんなさい。ですが、おうちの送り迎えはあったほうがよろしいですわ。お姉さまはお美しいですし、あの天水家の方ですもの。おかしな輩にかどわかされないとも限りません。危険です」

「……ああ、ええ。心配してくださってありがとう。でも、大丈夫よ」

本当に？

自分で言ってから、疑問が湧いた。

智乃は朝名を過剰に褒めるのでそんなことはありえないと思ったが、本当にそうだろうか。

朝名の人魚の血のことは、余所にまったく知られていないわけではない。非常に少ないが、勝井子爵のように、裏で取引のある者にとっては既知の事実だろう。

もし、人魚の血のことを知る者が、朝名を手に入れたいと望んだら。

(私を閉じ込め、切り刻むのが、いつ天水家から他の家に変わってもおかしくないわ)

そして、その家では、天水家での扱いよりももっとひどい仕打ちを受ける可能性もある。

「お姉さま？」

ぼうっと物思いに耽っていた朝名は、智乃の声で我に返る。

咲弥以外で唯一、朝名を案じてくれた後輩にこれ以上心配をかけまいと、笑みを浮かべて首を横に振った。

「ごめんなさい。少し、考えごとをしていただけよ」

「だったら、よろしいのですけれど」

家を出てみてわかる。

今まで、自分がいかに籠の鳥で——守られていたか。尽くされていたか。

もちろん、父や兄が朝名に振るってきた理不尽は朝名にとってとても苦しく、つらく、彼らの行為を認めることはしたくない。

それでも、彼らが朝名に与えてくれたものは、たくさんあったのだと。朝名がひとりになったら、この身以外、何も残らないのだと。

これだけは、わかった。

学校に着いても、授業の内容はまったく入ってこなかった。教壇に立つ教師を横目に、窓の外の灰色の空を眺める。黒板の文字も、教師の説明もすべてが頭を素通りしていく。

生家のこと。咲弥の体調のこと。それから、今後のこと。

天水家には戻りたくない。けれど、いつまでも咲弥や羽衣子に迷惑はかけられない。

結婚なんて、論外だ。

どこにも、朝名の行ける場所などないのではないか。

女がひとりで生きていくのは大変だ。無論、朝名は誰にも迷惑をかけずに生きていけるなら、自分が苦労するくらいは甘んじて受け入れる。けれど、だからといって天水家から逃げつつ、己の力だけで生計を立てるのは、とても現実的ではない。

しかも、朝名の身体は常に毒に満ちた、いわば爆弾のようなもの。生きて、血を流すだけで、他者に迷惑をかけかねない。

（せめて、先生が元気になるまでは）

咲弥が回復したら、そのときは。

さっぱり授業を理解しないまま、時だけが過ぎ、昼休みになった。

授業が終わって早々に級友たちに捕まり、朝名は人魚の花苑には行かず、友人たちと机を囲んで昼食をとることにした。

「今日は時雨先生、お休みなのですってね」

皆が弁当を持って集まったところで、友人のひとりが切り出す。すでに知っていた者はうなずき、知らなかった者は「え！」と一様に驚きの声を上げた。

「お姿を見かけないと思ったら……」

「そうだったのですね。どうされたのかしら」

「体調不良ですって。あまりひどいご病気でなければいいのですけれど」

朝名は友人たちの話を聞きながら、羽衣子からもらった弁当を開く。

中身は先日の咲弥の弁当とほとんど同じだった。天水家の使用人が作るよりも、少々不格好な、歪な三角形の握り飯。隅にちょこんと入れられた漬物。

けれど、ひと目でわかる。羽衣子が朝名のために一所懸命に作ってくれたものだと。

「あら、朝名さん。いつもとお弁当が違うのね」

隣に座る杏子に指摘され、朝名はやや気まずくなりつつ、愛想笑いを浮かべる。

「ええ。ちょっと……今日は違う方に作ってもらって」

「まあ、そうなの」

皆、各々、綺麗に詰まった弁当を持っている。中身はさまざまだが、羽衣子の弁当はその中でもあまり見栄えのいいものではない。

だというのに、なぜかとても手をつけるのがもったいない。

「いただきます」

手を合わせてから、右手の手袋だけ外し、握り飯を直に手にとってかぶりつく。

――でも、味は悪くないんだ。

咲弥の言葉を思い出した。

(本当、塩加減がちょうどよくて美味しい)

それに、力加減も絶妙なのか、口の中で米が柔らかくほぐれていく。こんなにも美味しい握り飯は、初めて食べたかもしれない。

いつものおかずの豊富な弁当より、ずっと美味しく感じた。

「杏子さんは、時雨先生の体調について何か聞いてらっしゃいます?」

友人たちの会話は朝名の感動をよそに進んでいく。訊ねられた杏子が「ええ」とうなずき、口を開いた。

「どうやら風邪を引かれたみたいです。そんなにひどくはないらしいのですけれど」

「まあ……お風邪を？」

「ひどくないのでしたら、幸いですけれど。心配ですわね」

そういえば、羽衣子が朝、電話口で咲弥の病状を説明していた気がする。

電話の相手について、羽衣子は「時雨の家からよ」と言っていたけれど、実は違ったのだろうか。

「でしたら、杏子さんは時雨先生のお宅にお見舞いに行かれるの？」

「どうしようかしら。気を遣わせても悪いし……」

朝名は嫌な話の流れに、無意識に箸を止める。

杏子は咲弥が時雨の本家ではなく、津野家にいることを知っているのだろうか。

知っていて、もし杏子が咲弥の家に行くことになったら、鉢合わせしてしまうかも。

それを避けられたとして、羽衣子の口から朝名の存在が漏れることにでもなったら。

けれど、この場面で朝名が口を挟めば、自分の都合で杏子の想いを踏みにじることになってしまう。

「杏子さんのお見舞いでしたら、きっと時雨先生もうれしいに違いありません」

友人のけしかけるような物言いに、朝名ははらはらして状況を見守る。

「それならうれしいのだけれど……朝名さんは、どう思う？」

「え、ええと」

いきなり訊かれても。と、そうは答えられないので、なんとか違う方向へ話を持っていけないかと思考を回転させた。

「やはり、急におうちに訪ねていくのは、よくないのではないかしら。お見舞い状を出すほうが迷惑にならずに済むと思うわ」

「そうよね。朝名さんがそう言うなら、そうするわ」

うん、うん、と首を縦に振り、杏子は納得した様子で微笑んだのだった。


鐘が鳴るなり、朝名はさっさと帰路についた。

人魚の花苑へ行こうとは、ちらりとも思わない。真っ直ぐに昇降口から校舎を出る。

(早く、早く帰らなくっちゃ)

自然と歩幅は広く、早足になる。

かつてないほど、学校の終わる時間が待ち遠しかった。いつもなら、無視もされず、級友たちとおしゃべりに興じることのできる学校のほうが、家よりはまだ居心地がよかったから。

しかし、今日ばかりはいろいろなことが気がかりで、授業は二の次だった。

幸いにも、天水家からの迎えはなさそうだ。ゆっくりなどしていられない。早く津野家に帰って、咲弥の様子を見たい。

乗合自動車が停留所にやってくるのを今か今かと待ち、ひとたび乗り込めば、もっと早く走らないのかと心が逸る。

「ただいま帰りました」

「あ、朝名さん。おかえりなさい」

やや緊張気味に控えめな動作で玄関扉を開けると、羽衣子が居間から顔を出して出迎えてくれた。

——おかえりなさい。

す、と言葉が胸に沁み込んだ。昔は当たり前に聞けた言葉に、とてもほっとする。自分が、そんな些細な挨拶に飢えていたのだと自覚させられる。

「た、ただいま帰りました。羽衣子さん」

しつこいかと心配しながら、もう一度言う。すると、羽衣子は笑顔でうなずいた。

「おかえりなさい。喉が渇いたのではない？　お茶を淹れるから、ひと息つきましょう」

それと、と続ける。

「私のことはお義母さん、でお願いね」

「は、はい！　……それで、ええと、先生の容態は……？」

「ああ、咲弥さん？　う～ん、少し前に様子を見に行ったときは、まだ熱があるみたいだったわ。明日には下がるといいのだけれど」

咲弥の不調は朝名のせいだ。朝名が看病しなければ。そう、心に決めた。

（杏子さん、ごめんなさい）

杏子をこの家から遠ざけるように仕向けた手前、内心、抜け駆けのようで罪悪感でいっぱいになる。

だが、それでも、朝名が看病するべきだ。

咲弥には朝名と杏子のあれこれなど関係ない。彼は今、病に苦しんでいるのだから。

「あの」

「なあに？」

ただし、看病をするにはひとつ、大きな問題がある。朝名は羽衣子に向かって頭を下げた。

「か、看病のしかたを、教えていただけないでしょうか」

朝名が風邪を引いたのは幼少の頃であり、すでに記憶の彼方だ。看病とはいったい何をすればいいのか、すっかり忘れてしまい、わからない。

「看病のしかた？」

「私、看病をしたこともされたこともあまりなくて……」

「そうなの。朝名さん、丈夫なのねえ。もちろんいいわよ」

てっきりひどく驚かれると予想していた。予想外の羽衣子の反応に、顔を上げる。

「へ、変だと思わないのですか？」

「あら、具合なんて悪くならないほうがいいでしょう？」

それはそのとおりだが。あまりにも羽衣子があっけらかんと答えるので、朝名は何も言えなくなる。自分で変だと主張し続けるのもおかしい。

「そうですね、ありがとうございます。お願いします」

何も訊かず、優しく接してくれる羽衣子の心遣いがうれしかった。

羽衣子とのお茶の時間は少し待ってもらうことにして、看病についていくつか教えを乞うたあと、朝名は奥の咲弥の部屋へ向かう。

扉を叩くと、返事とも呻き声ともつかぬ反応があったので、朝名はそろりと入室する。

咲弥の部屋は五畳ほどで広くはない。

ほのかに煙草の匂いが漂うその部屋の中を、布団と小さな机、他はぎっしりと本の数々が満たしている。本の種類はさまざまで、子ども向けの教養雑誌から、図鑑、辞書、さらに学術書や研究論文集まで。娯楽小説もある。

このたくさんの本を咲弥はすべて読んでいるのかと、驚き、感心した。

「先生、失礼します」

部屋の隅に敷かれた布団は、人の形に盛り上がっていた。

扉の前から積み上がった本の塔の隙間を慎重に進み、ようやく布団のそばまでたどり着く。

「先生、お加減はいかがですか？」

朝名が声をかけると、咲弥はのろのろと上体を起こした。寝間着は乱れ、背の半ばまである黒髪が肩口からこぼれる。

そのけだるげな格好は普段よりいっそう艶めかしく、内心どぎまぎしてしまう。

「……さほど、良くはないかな」

「む、無理せず、寝ていてください」

持ってきた新しい水差しとコップを、空いた場所へ置く。

手拭を濡らすための桶の水もすっかり温くなっているので、あとで変えなければならない。

「君も、僕のことは気にせず、この家で自由に過ごしていいから」

「そういうわけにはいきません。だって、私の、せいですし」

何もかも、朝名の見込みが甘かったせいだ。咲弥を天水家から引き離せなかった。

「君が責任を感じることではないよ。僕が勝手に首を突っ込んだのだし」

「……いいえ。私が至らなかったからです」

咲弥は息を吐きながら、長い髪を鬱陶しそうにかき上げる。怒らせたかと心配になったが、彼は呆れ笑いを浮かべていた。

「頑固だなぁ。いいけれどね。そんな強さのある君だから、きっと今までやってこられたんだろう」

どうして、咲弥はわかってくれるのだろう。

朝名の精一杯の反抗心を。

光太朗や浮春に諦念を抱いても、将来を憂いても、自分の中の心だけは守っていたかった、その、朝名の気持ちを。

作った笑顔の裏の、強がりを。

(ううん、私の芯にあるのは、やっぱり先生の言葉だから)

己の中に秘めた何もかもが、咲弥のおかげで成り立っているように感じる。それくらい、朝名にとって彼の存在やもらったものは大きい。

「ごめん、わかったような口を利いて、嫌だった?」

黙り込んだ朝名が気分を害したと思ったのか、慌てて訊ねてくる咲弥に、思わず笑みがこぼれた。

「いいえ。ありがとうございます、先生。いつも私を見つけてくださって」

「え?」

「なんでもありません。気にしないでください」

このままだと、咲弥の調子に乗せられてどんどん失言してしまいそうだ。朝名は桶の水を替えにいくふりをして、部屋をあとにする。

まだ、心臓が痛いほど鳴っている。

咲弥は安静にしていなければいけないのに、一緒にいる時間が心地よくて、いつまででも長居をしたくなった。

(変ね、ここは人魚の花苑じゃないのに)

大好きな人魚の花苑で、誰よりも大切な思い出をくれた咲弥と一緒だから、あの昼休みや放課後のひとときが気に入っているのだと、そう思っていた。

もし、それが違ったら――。

朝名は部屋の前で勢いよく首を横に振った。これは、考えてはいけない。誰も幸せになれない気持ちに違いないから。

◆

深夜、ふと目を覚ました咲弥は、布団の上の重みに違和感を覚え、ゆっくりと視線を動かした。

そこには、手に乾きかけた手拭を握った朝名が突っ伏して寝ていた。

すう、すう、と小さく寝息を立て、安らかに眠る彼女は、おそらく咲弥の看病をしているうちに眠ってしまったのだろう。

顔色はあまり良くない。天水家で大量の血を抜かれたあとで、彼女もまだ本調子ではないはずだ。

あどけない寝顔で眠る婚約者を起こさないよう、咲弥は慎重に身体を起こした。

発熱しているとき独特の、眩暈や頭のぼやけた感覚は、ほとんど残っていない。どうやらだいぶ、熱も下がったらしい。

（……なんだか、申し訳ないな）

朝名は信じられないほど気遣い屋で、いつも一所懸命だ。

八年もあれだけの扱いをされながら、折れていない。どうしてそこまで、と疑問に思うほど。自信はなさそうだが、弱くはないのである。

けれど、だからこそ、ある日突然、何かの拍子にぽっきり折れてしまいそうな危うさもある。

咲弥はそっと手を伸ばし、目にかかった朝名の前髪を払ってやる。

己が彼女に抱いている感情が、決して「愛」と呼べないことは重々承知していた。

咲弥が心を傾ける相手は、祖父と母、親友の深介、そして洋行先でできた友人たちくらいだ。ほかの人間は路傍の石と大差ない。今この時も、例えば、朝名と母が川で溺れていたら、母を迷わず先に助ける。

けれど、その選択をあとできっと後悔するだろうと、咲弥は予感していた。どうして朝名を見捨ててしまったのかと一生、思い悩みそうだ。

そしてたぶんそれは、芽生えかけている別の何か。

「僕の勝手にしたことに、君が責任を感じる必要はないよ」

咲弥は、自分の勝手な感情で朝名を天水家から連れ出した。風邪を引いたのも、その選択の結果だ。

言ってしまえば、自己満足。目の前で傷つけられ続ける朝名を見ていられないから、見捨ててしまったら、気が咎めるから。

そんな不純な動機でしかない。

確かに、人魚の花苑での時間は失くしたら惜しいけれど、たとえ失くしても、そのうち忘れ、普通に生きていくだけだ。

朝名が思っているほど、咲弥はできた人間ではない。

「君は、不思議だね。君が僕に一線を引いているのは間違いないのに、どうしてか、僕は惹かれてしまっている。なぜ君は、そんなに僕を信じられるの？」

朝名の姿を見るたびに、懐かしさに似た感情が湧き上がる。同時に、喜びのような感情も。おまけに、彼女のまなざしには隠しきれない親しみがあって。

（人魚の血の娘と結ばれる運命、か……）

祖父がひとりで主張しているだけの、中身のない、古臭いただの言い伝えだと思っていたが、もしそうでないのなら。

乱れた寝間着の衿元からのぞくのは、咲弥の人生を狂わせた、忌まわしい花の痣。昔、深介には不気味だ、と言われたのに、朝名は美しいと言った。

咲弥と同じように痣を持ち、同じように特殊な体質である朝名。

どこか似た者同士の自分たちは、運命の力によって惹きつけられているのかもしれない。

まるで、呪いのように。

「でも、結婚はやめない」

朝名が心配している天水家のことならば、やりようはいくらでもある。祖父の望みゆえ、降りかかる火の粉を払うためにも天水家をあのままにはしておけない。

朝名のことも、そのついでに救う。

「これなら、嘘にはならないよね」

咲弥は壊れ物を扱うように優しく、朝名の長い髪を撫でた。

翌朝には熱もすっかり下がりきって、咲弥は出勤のために身支度を整えていた。昨晩、咲弥の布団で眠ってしまっていた朝名は、あのあとしばらくして部屋を出ていった。

咲弥は寝たふりをしていたので、たぶん、夜中に咲弥が目覚めていたことを、彼女は知らない。

「じゃ、行こうか」

身支度を整え終わった咲弥は、居間で母や朝名と朝食を済ませ、家を出る。朝名と一緒に。

「はい。あの、でも、一緒に登校したりして、学校で噂になったりしないでしょうか」

躊躇いがちに意見する朝名に、咲弥は笑った。

「気になるなら、少し離れて歩くから。それにまあ、見つかったら、そのときはそのときかな」

朝名の懸念しているとおり、職場で噂になるのは多少面倒ではあるが、絶対にあってはならないというわけでもない。

むしろ、退路を絶たれ、彼女の結婚への意思も固まるかもしれない。

歪な関係だ。朝名は咲弥と離れたがり、咲弥は祖父の願いを叶えるためだけに結婚を望んでいる。

「そんな、先生。本当に、大丈夫ですか。お仕事に支障が出たりは」

「大丈夫、大丈夫」

適当に返事をして、鞄を抱え、咲弥は停留所への道を歩く。後ろをついてくる朝名の歩調に合わせて。

だから、気づかなかった。

離れた角から咲弥たちを見つめる、少女の双眸に。

「……どうして、咲弥さんのおうちから、朝名さんが？」

六章　泡と消えれば

朝名が津野家に居候するようになってから、数日が過ぎた。

嵐の前の静けさといえるほど、不気味なくらいに平穏な日々。何もなさすぎて、ふとした瞬間、うすらぼんやりとした憂心がひょっこりと顔をのぞかせる。

だが、朝名にとってこの数日は、夢か幻のように感じられるくらい、かけがえのないものだった。

血を抜かれることもなく、朝と晩には咲弥と羽衣子と三人で談笑しながら食事をとる。多くの学生と同じように、乗合自動車と徒歩で登校し、身体もかつてないほど好調だ。

ただいま、といえば、おかえり、と返してもらえる。

誰かと、いただきます、と手を合わせる。

おはよう、も、おやすみなさい、も、欠かさない。

最近の朝名は涙もろくなってしまった。そんな他愛のない挨拶を交わすだけで、目が潤んでしまうのだ。

（うーん……なんだか、顔も丸くなったような？）

レースの手袋を嵌めた手で、朝名は己の頬を触る。

と、そのとき、教室で黄色い歓声が上がった。

「見て、時雨先生と杏子さんよ」

教室の戸口から、咲弥と杏子が並んで廊下を歩いているのが見える。

最近変わったのは、朝名の生活だけではない。咲弥の風邪が治り、仕事に復帰した日から、杏子がぴったりと彼に寄り添うようになった。

当然、授業中はその限りではない。ただ、朝や放課後、休み時間と空いたときには、杏子のほうから必ず咲弥のそばに寄っていって、離れない。

登校の際も、杏子が咲弥を運転手つきの自家用車で迎えに来るので、あの日以来、朝名は咲弥と家を出る時刻をずらし、ひとりで登校している。

「咲弥さん。今日はわたくし、咲弥さんの分もお弁当を作って参りましたの。お昼休みにご一緒してもよろしいでしょうか」

おっとりとした杏子の声が聞こえる。優雅な口調、所作。相変わらず、乙女の鑑のような人だ。

「ああ、まあ。いいけれど……」

対する咲弥は杏子を傷つけないためか、やや困惑気味に答えている。

（あの様子だと、先生は今日のお昼も人魚の花苑にはいらっしゃらないでしょうね）

朝名は机上で頬杖をつき、嘆息した。

残念だけれど、仕方ない。人魚の花苑で一緒に過ごせなくとも、津野の家でともにいられる時間を大切にすればいいのだから。

「ありがとうございます、咲弥さん。うれしいですわ」

声だけで、喜色満面の杏子が目に浮かぶ。

はしゃいだ彼女もおそらく、とても可愛らしいに違いない。多少、顔色がましになったところで朝名は杏子には敵わない。

「あ、朝名さん！」

咲弥との会話を終え、教室に戻ってきた杏子に声をかけられる。

このところ、杏子が咲弥と一緒にいるのを見せられるたびに、朝名の後ろめたい気持ちは増していた。

「杏子さん……」

「少し、お話があるの。いいかしら」

「え？　ええ、はい」

いつも華やかな杏子の表情が、どこか強張っている。

「ちょっとこちらにきて」

杏子に連れられ、朝名は教室を出て、女学生たちの喧騒から離れた廊下の片隅に立った。

こんなことは今までなかったので、緊張してしまう。

「杏子さん？　どうされたの、急に」

「あのね、朝名さん」

そこで言葉を切り、杏子は凜とした、真剣な顔で朝名を真正面から見つめた。

「わたくしの気持ち、気がついているでしょう？」

「え？」

「わたくしの、咲弥さんへの気持ちよ」

息を呑む。できるなら避けていたかった話題だ。心臓が強く脈打ち、背筋に冷や汗がじっとりと滲む。

話をしたくない。けれど、杏子の表情からわかる。誤魔化しは通用しない。

「……杏子さんは、時雨先生のことが？」

浅い呼吸で苦しくなりながら問うと、杏子はこくり、と首肯する。

「ええ。わたくしは——咲弥さんのことが好きよ。将来は夫婦になりたい、と望むくらい」

ついに、肯定されてしまった。どこか他人事のように、朝名は思った。

前までは、杏子の態度と咲弥の話からそうだろうなと思っていただけで、まだ逃げ道があった。だが、こうしてはっきり認められてしまったら。

「そう、なの」

「ええ。だからね、朝名さん」

――わたくしの恋を、応援してくれるでしょう？

怖くなるほど美しい笑みを浮かべ、小首を傾げて言う杏子に、朝名は凍りついた。

「応援……」

「そう。別に、何をしてほしいわけでもない。たまに話を聞いてくれるだけでいいの。親友の貴女だから、こうして秘密を打ち明けたのだし、励ましてほしいのよ」

「あ、あの、でも」

「皆には内緒よ。あまり大事にはしたくないの。こっそり相談できる相手がほしかっただけだから」

いいでしょう、お願いね、きっとよ。

杏子は朝名が返事をする隙を与えず、あっという間に去っていく。彼女らしくない、ずいぶんと一方的な言い方だった。

朝名はひとり、呆然としながら教室に戻る。

「時雨先生と杏子さん。お似合いねえ」

「ええ、本当に。あんなに仲睦まじそうに……誰もが憧れる夫婦よね」

「一緒にお昼ですって。こっそり見に行こうかしら。きっと目の保養になるわ」

同級生たちがひそひそと話している内容が自然と耳に入ってくる。杏子に告げられたことを思い出すだけで、頭も胸も痛い。

(私は、どうしたらいいの)

たぶん、朝名も咲弥と婚約していることを正直に明かすべき場面だった。

しかし、それをできずに終わり、このあとどんなふうに打ち明けようと、朝名は咲弥が友人の想い人と知りながら隠れて繋がっていた卑怯者になってしまう。

どのような形であれ、朝名と咲弥の縁談が杏子に知られたら、確実に彼女との関係はもう元には戻らない。

「どうしたら」

多くを望みすぎたのかもしれない。

化け物なのに、一生、日陰で過ごすべきで、他人とかかわるべきではなかったのに、朝名はあれもこれも失いたくないと、望みすぎたのだ。

午後の授業が始まる。朝名の学級は、裁縫の授業であった。

裁縫教室では、皆が机に向かって課題のシャツに励んでおり、朝名も右手だけ手袋を外し、型紙に合わせて布を裁断していた。

教材用のあまり高価ではない白い綿布を、チョクでつけた印のとおりに裁ち鋏でざくざくと断っていく。

進捗は人によってさまざまだったが、春から一斉に始めたため、だいたい皆、型紙の製図が終わって朝名と同じように裁断の段階である。裁断が済めば、次はミシンだ。

初老の女教師が、教室の様子をぐるりと見回り、学生たちに指導をしている。

彼女はおっとりとして、細かいことをうるさく言わず、作業中に私語をしても目立って騒がなければ注意しない。よってこのときも、楽しそうに小さな声で話をしている学生がほとんどだった。

(よ、よりにもよって)

朝名は軽く顔をしかめながら、じっと布に向かう。なぜなら、斜め前の席に杏子が座っているから。

裁縫教室での席順は出席簿の順ではなく、完全に自由だ。

当たり前だが、仲の良い杏子や友人たちとはいつも近い席に座っており、朝名もおしゃべりに参加しながら作業をしている。

しかし、今だけはあまり近くにいたくなかった。

「それで、それで？　杏子さん、お二人でのお昼休みはいかがでした？」

友人のひとりが、思いきり目を煌めかせて、前のめりに杏子に訊ねた。

「ふふ。楽しかったです。咲弥さんは昔から優しい方ですから、ご自分がお持ちになったお弁当もあったのに、わたくしが作ったお弁当も食べてくださって」

「まあ！」

一気に周囲の乙女たちが沸き立つ。が、一方の朝名はますます気分が落ち込んだ。

わかっている。咲弥と杏子に二人で昼食をとらないで、なんて言えない。

そのうち縁談を失くそうなどと考えている人間として、杏子の友人として、二人の行動を縛るべきではない。

おそらく、無事に朝名が咲弥から離れられれば、杏子が咲弥の婚約者になるだろうから、余計に。

（でも、杏子さんに先生をとられてしまうのは嫌）

そんな思いが脳裏をよぎって、自分のいやらしさと情けなさに落ち込んだ。

「では、時雨先生のお好きな食べ物がなんだか、杏子さんはご存じ？」

「ええ！　といっても、なんでも美味しいと食べてくださるのですけれど。今日のお弁当は特に茗荷《みょうが》の和え物を褒めていただきました。どうやら香りのあるお野菜がお好きらしくて」

薄く色づいた頰に手を当て、やや照れながら杏子が話すと、友人たちもほう、と息を漏らす。

（そのくらい、私だって）

咲弥は生姜《しょうが》や大蒜《にんにく》、茗荷などの香味野菜が好きで、でも香辛料はあまり得意でないし、肉より魚が好きだし、さっぱりした料理が好きだ。あと、大将の店の餡ぱんも。洋行の際、異国の地では胡椒などの香辛料を使った味つけの濃い料理が多く、難儀した、と本人から聞いた。

焼き鮭が食卓に並んだときはうれしそうだったし、肉団子が並んだときは箸の進みが遅かった。

つらつらと、頭の中で咲弥のことを思い浮かべて、朝名は我に返る。

いったい、何を張り合っているのだろう。声に出していないとはいえ、友人を相手にひとり相撲をするなんて。

（私、こんなに嫌な女だったの？）

自分は何も告げないままで、こんなことを思っていいはずがない。

「まあ、うらやましい。時雨先生のような、お家柄もよろしくて、優しくて、美しい男性と結婚できる杏子さんは幸せ者ね」

「ええ。自分でもそう思います。けれど、そんな素敵な殿方ですもの、想いを寄せる女性もたくさんいるようで、心配です」

眉尻を下げ、ため息交じりに言う杏子に、友人たちは気の毒そうな顔をする。

「ああ、そうですわね」

「わたくしたちは憧れているだけで、杏子さんという素晴らしい許嫁がいらっしゃる殿方に迫ろうとは思いませんけれど」

「理想と現実の区別がつかない方も中にはいらっしゃいますものね」

もう聞きたくない。布を裁断する手が、無意識に止まる。

杏子を見ると、杏子の話を聞くと、どんどん自分が醜く思えて、なけなしの自尊心さえ消し飛びそうだ。

適当に理由をつけて、どこか空いている別の席に移動しようか。朝名が見回したときだった。

「杏子さん。私たちにも聞かせてくれないかしら」

「時雨先生のお話、わたくしたちも聞きたいわ」

離れた席に座る生徒たちが、杏子に声をかける。それから、なんやかんやとやりとりがあり、朝名が移動する前に、杏子たちが席を移ることになった。

(よかった)

杏子たちについていかなければこれ以上、話を聞かずに済む。朝名はほっと胸を撫で下ろし、再び課題にとりかかる。

杏子たちは手早く布と裁縫道具をまとめ、立ち上がった。

故意では、なかったのだろう。——作業する朝名の手の上に、杏子の裁ち鋏が落ちてきたのは。

がしゃん、と大きな音を立て、裁ち鋏の刃が朝名の右手を掠めて、床に落ちる。

「いた……っ」

朝名は反射的に声を上げ、左手で右手を庇った。

「きゃ……ご、ごめんなさい！」

真っ青な顔で慌てて膝をつく杏子。けれど、むしろ血の気が引いたのは朝名のほうだ。

すぐさま血の滲んだ傷口を、ハンケチで押さえる。

「た、たいした傷ではないから、平気よ」

傷はちょっとした切り傷だった。幸い、あまり深くなく、じん、と鈍い痛みがあとからやってくる程度で、たいした傷ではない。が、それこそが問題だ。

軽い傷なら、ほんの数瞬のうちに治ってしまう。たぶん、すでに消えかかっているはずだ。

もしその有様を見られたら——おそらくこの学校に朝名の居場所はなくなる。

冷や汗をかきながら、朝名は杏子に笑いかける。彼女は、すっかり青ざめ、小刻みに震えていた。

「朝名さん……そ、その」

「本当に、気にしないで。手当をすれば、すぐに治る傷だから」

「そ、そう。あの、救護室へは」

「自分で参りますから、杏子さんはそのままでいてね」

朝名が言うと、杏子はわずかに安堵したようだった。

もしや、彼女が朝名の傷が治るところを見てしまったのかと思ったが、違ったらしい。

（よかった）

学校に来られなくなるのは困る。いずれは出て行かねばならないとしても、今はまだ、何も備えられていない。

それに、杏子にむやみに恐怖を抱かせてしまうのも、朝名の本意ではない。

「天水さん、傷は大丈夫ですか」

教師に問われ、うなずく。

「はい。これから救護室へ行ってもよろしいでしょうか」

「え、ええ。もちろん」

隣の席の生徒が朝名の荷物をまとめてくれたので、朝名は礼を言ってそれを持ち、裁縫教室をあとにした。

授業中の誰もいない廊下で、そっと手を押さえていたハンケチをとってみる。当然、傷は跡形もない。すっかり元の病的な白さを取り戻した肌があるだけだ。

（これから、どうしよう）

このますぐに裁縫教室に戻るわけにいかず、かといって、救護室へ行っても傷がないのではどうしようもない。

朝名は通常の教室へ戻ると、自分の棚に裁縫道具と断ちかけの布をしまう。代わりに白い端切れを取り出し、裂いて帯状にする。それを適当に傷のあった箇所に巻きつけ、その上から手袋を嵌めた。

（これでいいかしら）

ひとまず、レース越しに繃帯を巻いたように見せられるはずだ。

このまま授業が終わる時間まで待っていようかと思ったけれど、身の置き所がなく、朝名は教室を出た。真っ直ぐに救護室の方角へ向かう。

救護室の近くまで行って、行ったふりだけしてまた引き返してくればいい。

とはいえ、他の教室の前を通れば教師の声が聞こえ、なんだかとても悪いことをしている気分になってきた。

もし誰か、授業のない教師と出くわしてしまったら、どう言い訳しよう。そんなことを考えつつ、廊下を進んでいく。

すると、すぐに朝名の心配は的中した。

「天水さんじゃありませんか」

廊下の先からこちらに手を上げて声をかけてきたのは、数学の授業を担当している教師だった。初老の男性で、厳しい人柄ではないのでひと安心ではあるが、黙って見逃してくれるほど甘くもない。

朝名は慎重に会釈した。

「君、授業は？」

「裁縫の授業だったのですけれど、手を切ってしまいまして。とりあえず止血はしたのですが、念のため救護室に行こうか迷っていたところです」

朝名が、端切れの白さがのぞく手を見せつつ、言葉を選んで返した答えに、数学教師は得心したようで「ふむ」とうなずく。

「それは大変ですね。しかし、ちょうどよかった」

「なんでしょう？」

「君宛ての手紙が先ほど、届いていましたよ。今、とりにきますか？」

「手紙……？」

朝名は首を捻る。

生徒に宛てて手紙が送られてくること自体はさほど珍しいことでもない。よく、送り主がその生徒の住まいを知らないときなどに用いられる手段だ。

ただ、朝名が学校に送られてきた手紙を受け取るのは初めてだった。

「あの、お願いします。もしかしたら、何か急用かもしれませんし……」

「わかりました。では、一緒にきてください」

数学教師についていき、職員室で手紙を受け取ると、朝名は廊下ですぐに開封した。

飾り気のない茶封筒を持つ手が震える。差出人の名はなかったが、宛名の文字の癖に覚えがあったからだ。

(この字は、お兄さまの)

何か来るだろうとは、思っていた。父や兄があのまま朝名を見逃し続けるはずがない。

手紙の内容は、とても単純だった。

――すぐに戻れ。天水家から離れて生きていけると思うな。

意識が朦朧とする中、浮春に最後に投げかけられた言葉がよぎる。

『後悔するぞ』

正直、後悔はしていない。けれど、家を出てわかったことならある。

朝名は、家の外ではろくに生きる術を持たぬこと。どうしたって、普通の人々の中で同じように生きるのは困難なこと。

ふとした瞬間に思い知る。朝名はろくに炊事の手伝いもできない。もし指を切って、一滴でも血が混入すれば、皆を殺してしまう。今日のように、人前で怪我をしないよう一日中、細心の注意を払い、気を張っていなければならない。

天水の屋敷では、ただ部屋に引きこもっているだけでよかった。

だが、ひとたび外に出れば違う。何もかもを自分の力で成し遂げねばならず、そのためには人一倍、気を遣いながら生きねばならぬ。

「私は――」

このままではいけない。もう何度目か、そう思う。

温かい暮らしを享受する権利は、朝名にはない。なぜなら、天水家を出たとて、朝名が化け物であることに変わりはないからだ。

朝名は便箋を握りしめる。手の中で、ぐしゃり、と紙がひしゃげた。

放課後、いつものように人魚の花苑を訪れていた朝名だったが、以前のように安らぎを得ることはできなかった。

永遠に咲き誇る椿の花も、澄んだ水を湛えた池も、小鳥のさえずりや葉擦れの音も。前は陰鬱な曇天の日でさえ、朝名の心を癒してくれたのに、今はやたらと空虚に感じられてしまう。

(このままじゃ、私、先生のそばを離れるどころか、元の生活にも戻れなくなってしま

う）

朝名は何より、それが恐ろしかった。

何かがひとつ当たり前になると、時間が経てば経つほど、もはや手放すことが難しくなるのだ。

（怖い）

少し前まではただこの場所が好きだった。ひたすら綺麗で、朝名と同じように人魚の血の娘として苦しんで生きて死んだ女性たちの眠る、この場所が。

けれど、咲弥がいないだけでこんなにも、味気ない場所に感じるようになってしまった。

咲弥のいない人魚の花苑を好きではなくなってしまうかもしれないことが、怖くて仕方ない。

「行かなくちゃ……」

朝名は池の畔の草を踏みしめる。

安心したい。咲弥を遠くから眺めて、こちらを見てくれない、ただの教師としての、他人としての彼を目にしてまたここに戻ってくれば、前のような安らぎを得られる気がした。

足の運びはひどく重たい。

朝名は一歩一歩、重石でもついているかのような己の足を動かし、人魚の花苑をあとにする。

この時間なら、まだ咲弥は職員室にいるだろう。

橙色の西日が差す板張りの廊下を、ぎし、ぎし、と軋ませ、朝名は咲弥の姿を求めて歩き、出入り口からそっと職員室をのぞきこんだ。

（いない……）

ふ、と落胆のため息をつき、朝名はまた歩きだす。職員室でなければ、どこだろう。もしかして入れ違いになり、咲弥は人魚の花苑にいるだろうか。

しかし、人魚の花苑で咲弥に会うのは、今は避けたかった。それでは、危惧したとおりになってしまう。

どこかの教室にいればいいのだが。

朝名は二階に上がろうと、階段に近づく。すると、咲弥らしき話し声が階段の踊り場から聞こえてきた。

咄嗟に朝名は壁際に身を隠し、耳をそばだてた。

「深介。君、いくらなんでも学校にまでくるなんて」

「我が火ノ見家もこの夜鶴女学院に出資している理事なのだから、文句を言われる筋合いはない」

咲弥が話している相手の顔は見なかったが、深介、と呼ばれていることから、先日会った咲弥の友人であることがわかった。

深介の家は、どうやら学校の関係者らしい。

「やはり考え直す気はないのか。天水家が猛毒を売っているのだとしても？　それがいくつもの犯罪に利用されているとしても？」

「だから、そのことならもう知っているし、僕の考えは変わらない」

朝名は静かに息を呑んだ。深介に、天水家の悪事はすっかり知られているのだ。

「深介。いい加減、しつこい。これ以上そのことを言うなら、僕も黙っていられない」

「お前には、杏子嬢がいるだろう」

「彼女はそういうんじゃない」

「結婚相手として、候補に挙がっていたはずだ。時雨の家に思うところがあるのはわかるが、彼女ほどの好条件の女性はいない」

「だったら、君が結婚すればいいじゃないか」

咲弥は本気で深介に怒っているようだった。だが、次の深介のひと言で、朝名は凍りついた。

「それなら……お前、洋行はどうするんだ」

「…………」

咲弥の答えはない。深介はさらに言い募る。

「あれほど、海外の学問は進んでいる、楽しい、やりがいがあると手紙を寄越してきたくせに」

「祖父さまの体調がよくないから仕方ない」

「その先代の言いなりに婿入りなぞすれば、婚家の方針次第で、もう二度と異国の地を踏めなくなるかもしれないんだぞ。好きで教師なんぞしているわけでもあるまいに」

朝名は、思わず手で口許を押さえた。

考えたこともなかった。咲弥の祖父の体調が思わしくないため、咲弥が帰国したのは知っている。が、てっきりある程度、洋行のほうも区切りをつけ、この国に骨を埋めるために戻ってきたのだとばかり思っていた。

咲弥の歯切れの悪さを聞くに、彼はまだ、異国の学問に未練がある。

いつの間にか、身体が震えていた。

「いいか、咲弥。もし妻にするのなら、杏子嬢にしておけ。彼女となら、洋行でもなんでも一緒に行けるだろう。こんなところで中途半端に時間を無駄にするな。さっさと行動を起こせ」

「…………」

「天水朝名だけはだめだ。絶対に。俺が許せない。必要があればお前の祖父を一緒に説得してやるから。いいな」

深介に咲弥がなんと答えるか、朝名は固唾を呑んで聞き耳を立てる。そうして、聞こえてきた婚約者の答えは、実に明快だった。

「――君の、言うとおりだ」

それ以上は、聞いていられなかった。朝名は耳を塞ぎ、早足でその場を逃げ出した。

喉に何かが痞えているようで、手足の感覚はとうになく、ただ心臓の鼓動だけが強く存在を主張して。

彼らの声が完全に聞こえないところへ行こうと、必死に走る。

(最初から、最初から私は、先生にとっての障害でしかなかった)

化け物だからとか、生家が悪事に手を染めているだとか。そもそも、結婚自体が。朝名にまつわるすべてが、羽ばたこうとする咲弥を縛る、鎖だった。

朝名は咲弥にとっての足枷《あしかせ》にしかならない。

駆けて、駆けて、駆けて。

校舎を出てようやく、朝名は足を止める。そのとき気づいた。

「あ……」

自分の手が、水のように透けている。見下ろしてみれば、今は全身が半透明になっていた。身体ごしに、地面が透けて見える。

身体がまるで水のように、水でできたようになって透けてしまった。見間違いかと思った。だが、何度目をこすってみても結果は同じ。

「は……はは、は、ふふ」

あまりに馬鹿馬鹿しく、現実離れした光景に、こみ上げてきたのは乾いた笑い。

(消えるのね、私。ようやく消えるのね)

水になりたいとずっと願ってきた。水になって、誰もいない海の真ん中でただ揺蕩っていたいと。

理由はわからないけれど、やっとその願いが叶うのかもしれない。

しかも今なら、朝名が天水家から逃れられるだけでなく、咲弥を解放することもできる。杏子にも恨まれずに済む。

これほどの好都合はない。渡りに舟とはこういうことを言うのだ。

うれしい。うれしいはず。だってほら、今もこうして歓喜の笑いがこみ上げる。

「あ、あれ?」

確かに笑っているのに、どうしてか目が熱い。頰を、生温い雫が流れ、滴り落ちる感覚があった。

「おかしいわ……うれしいはずなのに、どうして。

「喜びなさい、喜ぶのよ、朝名」

ひとり呟き、けれど自然と喉が震えるのを堪えきれず、朝名はそっと顔を覆った。

少し経つと、透けたように見えた朝名の身体は元に戻った。

安堵すると同時に、安堵した自分に落胆する。

あらゆる人の前から姿を消すのに、この不可思議な現象は都合がいいのに、喜べないのはおかしい。喜べない自分が信じられない。

朝名は咲弥を待たず、人魚の花苑にも行かず、帰路につく。

自分の足で通学するのは、朝名にとって憧れだった。

別に友人と一緒でなくてもいい、談笑しながらでなくても構わない。ただ、皆と同じように、自ら学校へ通いたいと願っていた。

しかし、どうだろう。

ひとりで歩くことに、なんの感慨も感動もない。寂しいだけだ。

朝名にとって女学生であることは、救いだった。唯一、自由を感じられる環境だった。己の足で歩くことも『家に縛られぬ自分』の象徴のような気がしていたのに。

何もかも、ままならない。自分の心が、自分のものではないみたいだ。

舗装された道を進む。しかし、眼前に立ちはだかる人を認め、朝名は足を止めた。

「あ……」

びく、と思わず肩が跳ね上がる。腰のあたりから背筋を伝って寒気がこみ上げ、朝名はそこから一歩も動けなくなった。

立っているのは二人。片や青年、片や恰幅のよい中年男性だ。

どちらも身なりはよく、青年のほうは格子柄の入った正絹の単衣に身を包み、中年男性はかっちりとした三つ揃いのスーツ姿で、気取ったハットを被り、ステッキを手にしている。

西日に目が眩むほど明るく照らされていても、すぐにわかった。

兄の天水浮春と、朝名の以前の結婚相手であった、勝井子爵だと。

「お兄さま……勝井さま……ご機嫌よう」

震え、上擦る声で、朝名はやっとそれだけ呟く。

「愚妹よ、なんだその顔は。手紙は届いているだろう？　わざわざこうして迎えにきてやったというのに」

どうしてこの二人が、と疑問は湧くのに、頭はまともに動かない。言葉も出てこない。

呆れ、冷たく言い放つ兄の顔が、今までの何倍も重たくのしかかる。

「いいねぇ。ずいぶん、いい頃合いに育っているじゃないか」

下卑た勝井の声が冷水のように浴びせかけられ、朝名はぎこちなく視線を移した。

二年ほど前に会ったきり、久々に見る勝井は相変わらず肥えており、身なりはいたってまともなのに、言動は驚くほど下劣だ。

舐め回すような彼の視線に、寒気が止まらない。

「一時はどうなることかと思ったが、どうやら話がまとまりそうで助かった。君のようなとっておきの玩具を横取りされたら、堪ったものではないのでねぇ」

「ええ。こちらとしても、よい取引きができてよかったですよ」

浮春は愛想笑いで勝井に答え、つかつかと靴を鳴らしてこちらへ近づいてくる。

朝名は咄嗟に身を翻そうとしたが、遅かった。固く手首を摑まれ、押しても引いても逃げられない。

「いやっ……お兄さま、どういうこと、なのですか。これは、いったい」

「お前があの男と逃げるから、こうなったんだ」

「え……？」

「時雨咲弥とお前の婚約は解消だよ。お前は元どおり、勝井さまと結婚するんだ。あの男を婿として抱え込むのは間違いだった。やはり欲をかきすぎず、お前を嫁に出したほうが後腐れがなさそうだ」

「ひどい言い草だねぇ。まるで、私が悪の権化のようではないか」

半笑いで肩をすくめる勝井に、浮春も「ははは」と笑いを返す。

「そのとおりでしょう。ですが、必要悪だ。世に金を回すのに、あなたの商いは大いに貢献しているのですから」

「近頃は、どこの馬の骨ともわからん投資家が幅を利かすこともあるがね。だが、まだまだ負けておれんよ」

軽やかに交わされる会話に、頭が追いつかない。

どうして今さら、勝井が出てくるのか。時雨家との縁談を推し進めたことで、勝井と天水家との関係は悪化していてもいいはず。

勝井にとって、朝名はそれほどまでに価値のある商品だということなのだろうか。

「待って、待ってください。お兄さま、そんな、だって、時雨家の意思は」

「当然、こちらからお断りの連絡はしている。持参金もあの男がお前を連れ去った、その慰謝料としていただくことになった。多少渋られたが、あちらの当主はなかなかものわかりがいい」

笑う兄が、得体の知れないものに見えた。その目に湛えた黒々とした闇が、朝名にまで絡みついてくる。

「勝手だと思うか？　思うよな？　だがな、私たちはずっとお前に、人魚の血の娘に、翻弄されてきた。人生のすべてを捧げさせられた。お前だけが好きに生きられるわけがないだろう」

「おにい、さま」

身体から力が抜けそうになった。

浮春の言う意味が、朝名にはわかっている。

彼も、父も、祖父も――天水家の男たちは人魚の血の娘を最大限に活用し、天水家を繁栄させるために生きる。ほかの生き方は認められない。

そして、人魚の血の娘の、血の力が弱まったら、彼らの手で首を落として殺す。そうでなければ、次の人魚の血の娘が生まれないから。そのために、彼らは彼ら自身の感情も殺さねばならない。

(私が、いるから)

朝名がこのまま天水家に戻れば、今までのまま、丸く収まるのだろう。朝名は勝井のもとへ嫁ぎ、父と兄は勝井と組んで闇取引で儲ける。

何しろ、人魚の血の扱いは天水家の者しか知らない。

勝井は朝名を妻という名の玩具として扱うと同時に、その身体から人魚の血を抜き、天水家に流してこれまでどおりに売らせ、分け前を受けとる。また、見返りとしてあらゆる取引の際には、天水家が有利になるよう計らう。

帝都の闇取引にかかわる中心人物のひとりである勝井には、その力があった。

けれど、それでは何も変わらない。誰も彼もが家に囚われ、縛られたまま。咲弥だって、秘密を知ってしまったからには逃げられない。

「離してください！」

朝名がこれまでと同じように、素直に従うと思ったのだろう。兄の手の力が少し弱まった隙をついて、朝名は手を振りほどく。

こんなところで、兄の言いなりにはなれない。勝井に嫁ぐこともできない。

（先生っ）

転びそうになりながら、朝名は今度こそ身を翻す。

「待て、朝名！」

浮春の叫びが、朝名の背中に投げかけられる。それでも、止まらなかった。今はただ、この場を離れよう。きっと何か、いい方法があるはずだ。咲弥に知恵を借りれば、時間を置けば、きっと――。

どん、と背に重い衝撃があった。

「う、ぁ」

灼けるような鋭い熱の塊が、背中からどんどん広がり、大きくなる。

この感覚を知っている。刃が身体に突き立てられる感触だった。

「じゃじゃ馬は困る。まあ、そういう娘を屈服させるのもまた、一興か」

せせら笑うのは勝井。朝名の真後ろに立つ彼が、刺したのだ。

すぐにその勝井を、浮春が諌める声が聞こえた。

「勝井さま。直接それの血に触れては危険だと申しましたが」

「ははは、案ずるな。ただ危険を恐れていては、本物の快楽は得られんよ。ほれ、毒があると知っていても河豚や鰻を食らうのと同じことよ」

勝井の卑しい声音が遠くでくぐもって聞こえる。

痛い。熱い。灼《や》ける。苦しい。呼吸のたびに、耐え難い激痛が走った。

ナイフが刺さっているかぎり、傷は塞がらない。

朝名は、背中に刺さったナイフを引き抜く。喉からはひとりでに呻きが漏れ、痛みで震えが走り、立っていられるのが奇跡だ。

それでも倒れず、朝名は足を前に進める。

「待てと言っているだろうが！」

浮春が後ろから手を伸ばしたようだった。しかし、再び摑まれる感覚はいつまでもやってこない。

「……お前、身体がもう」

「一瞬、透けたように見えたが、いったい」

呆然とした二人の声が聞こえたが、気にせず進む。もう追ってくるのはやめたらしい。

傷が塞がり、激痛は少しずつ和らいでいた。

額に汗が滲む。血が流れたせいで、寒気は先ほどより明らかにひどくなっていた。

（先生……）

無性に、咲弥の顔が見たい。彼が隣にいるだけで、朝名はこれ以上ないほど穏やかになれる。

「先生、……先生」

ああ、どれだけ自分は咲弥に頼ってしまうのだろう。思い出に縋るだけでなく、彼自身におんぶにだっこで。

冷ややかな風が一陣、吹き抜けていった。引き抜いて手にしていたナイフが、からん、と甲高い音を立てて地面に落ちるのを合図にして、急に垂れ込めた黒い雲から小さな水滴が落ち、朝名の頬を打ち始める。

水滴は瞬く間に増えて、雨になった。

身体の痛みは消え、代わりに急激に体温が下がっていく。天水家を出て以来、久しぶりに激痛に襲われ、血を失いすぎて、頭にぼんやりと靄がかかったようだ。

「さ、むい」

濡れた前髪から雫が落ち、額を伝って雨の粒が流れる。解けた髪が、頬や首筋に貼りつく。

傘を持たず、ずぶ濡れになってもひたすら歩き続ける朝名に、通行人たちの奇異の視線が突き刺さった。けれど、気にしている余裕はない。

朧々たる視界の先、傘を差した男の人影がある。朝名は鉛のように重たい足を止めた。

(誰……?)

浮春や勝井が追いかけてきたのだろうか。あるいは、朝名の望む人が迎えにきてくれたのか。

「天水朝名」

名を呼ばれ、朝名は顔を上げる。声に聞き覚えがあった。つい先刻、学校で聞いたばかりだ。

「火ノ見、さま」

すらりと細長いスーツ姿の影。傘に遮られ、顔は見えない。

朝名の様子がおかしいことは一目瞭然だろうに、けれど、助けの手を差し伸べてはくれない。

「俺は、貴様の、人魚の血のことを知っている」

「…………」

「自覚はあるのだろう? 貴様は化け物だ。人間のふりをした、怪物だ。汚らわしく、おぞましい人でなしだ」

容赦なく、真実を突きつけられる。朝名がこれまでの八年間、幾度も己に言い聞かせてきたことだ。けれど、他人からの言葉はより大きく朝名の心を傷つける。

気づけば、朝名は口を開いていた。

「知っています……そんな、ことは」

「だったら、咲弥を解放しろ。あいつに縋るな、寄りかかるな、手を伸ばすな、救いを求めるな。貴様にはそんな資格はない。これまで、咲弥がどれだけの不幸を背負ってきたと思う？　やっと、やっとこれから、あいつの人生は始まるんだ。その邪魔をするな」

「…………」

「貴様はあいつを不幸にしたいのか？」

強い口調で問われ、胸に湧き上がるのは明確な不快感だった。

朝名の気持ちはたったひとつ、今までもこれからも、たったひとつだけなのに。

何も、知らないくせに。天水家の秘密を知って、朝名の秘密を知って、全部わかった気になって。心底、不快だ。

「そんなこと、言われなくたって――」

涙交じりの叫びが、喉からほとばしる。

「私が、私が一番、先生の幸せを願っています！　あなたなんかよりずっと、ずっと！」

たとえ、咲弥を思って朝名がしたことのすべてが無駄だったとしても。それでも、この気持ちだけは本物だ。他人に言われるまでもない。

朝名はそのまま、立ちはだかる彼の横を覚束ない足取りで通り過ぎる。深介のほうも、朝名を引き留めない。

もう、いやだ。

咲弥や、杏子や……家族も。朝名にかかわるすべての人の人生をおかしくしてしまうのは、いやだ。朝名が存在するせいで、彼らから笑顔が消えてしまうのは、いやだ。

「……笑顔が、一番。笑顔でいる人のところに、幸せはやってくる……」

朝名が呟く声は誰にも届かず、雨音にかき消される。

皆から笑顔を失わせないために、何ができるだろうか。考えるまでもなく、その方法はすでに示されている。

七章　見つけてくれる人

　その朝、咲弥は目覚めると同時に、胸騒ぎを覚えた。あまり朝は強くないほうなのだが、今朝にかぎって、なぜか目覚めが早い。

　昨夜はひどい雨だったものの、今はすっかり止んだのか、カーテンの向こうから朝日の光が透けて室内に差している。

　時計はいつも咲弥が起床する時刻の、十分前。扉の向こうからは、母の小さな足音と朝餉の準備をする物音が聞こえてくる。

　普段と変わらぬ、朝の津野家だ。

　咲弥は布団から出て、着替えて部屋を出る。タイル張りの洗面台で顔を洗い、剃刀を当て、髪を梳いて簪で結いあげた。

　居間へ顔を出すと、ちょうど羽衣子が食卓に膳を並べている最中だった。

「おはよう」

「おはよう、咲弥さん」

　にこり、と微笑む母に、咲弥も口許を綻ばせながら、しかし、違和感を抱いて首を傾げる。

ここ数日、すでに当たり前になりつつあった少女の姿がない。

「母さん、朝名さんは？」

朝名は毎朝、咲弥よりも早く起きて羽衣子の家事を手伝っていた。

自身の体質のことも相まって、台所で包丁を持つことはしないようであったが、炊事のほかにも洗濯や掃除など、なんでもしていたのだ。

その彼女が、今朝は見当たらない。

羽衣子は、咲弥の問いに「そうなのよ」と困惑した表情になる。

「朝名さん、今朝はまだ起きてこないの。昨日は急な雨にあたって濡れて帰ってきたから、具合が悪くなったのかもしれないわ。咲弥さん、お部屋に行って声をかけてきてくれないかしら」

「わかった」

朝名の部屋は玄関を入ってすぐのところにある。

元は住み込みの使用人部屋になっていた部屋を彼女のために空けて、最低限の布団や小さな机などを運び入れたのだ。

それだけで、朝名はたいそう喜んでいた。大きな窓のある部屋で寝るのは久しぶりだと。

咲弥は部屋の扉の前に立ち、控えめにノックする。

「朝名さん」

返事はない。眠りが深いのだろうかと、咲弥は少々強めに再度、ノックした。

「朝名さん、起きている？」

けれども、応答はない。それどころか、物音ひとつせず、人がいる気配も感じられなかった。

朝名は、部屋にいないかもしれない。

嫌な予感が徐々に胸の内に広がって、咲弥は思いきってドアノブに手をかけた。

「ごめん、入るよ」

そっと開けた扉が、きい、と軋む。

やはり、室内に人はいなかった。おまけにやけに寒々しく感じる。綺麗すぎるのだ。

布団はきちんと畳まれ、机の上には整然と文房具が並べられている。掃除したてのように、床には埃のひとつも落ちていない。

「朝名さん⁉」

咲弥は室内を見回す。

しかし、広くない部屋だ。いくら目を皿のようにして隅から隅まで眺めまわしても、誰もいないのは明らか。

「朝名さん、どこだ⁉」

ぞわぞわと、悪寒が背筋を這い上がってくる。心臓が早鐘を打ち、嫌な汗が滲む。

(誰かに連れ去られた？　いや、それならさすがに気づかないわけが)

天水家なら他人の家に侵入して朝名を連れ戻すくらいはしそうだと思ったが、それにしては部屋の中が綺麗すぎる。さらに、狭い家の中に咲弥も羽衣子もいたのだ。何人もの人間が立てる音に気づかないはずはない。

であれば、朝名が自分の意思でこの家を出て行ったことになる。

咲弥はふと、机上に見慣れたものが置かれているのを見つけた。

「これは、朝名さんの」

黒い、レースの手袋だった。朝名がつけているのを、何度も目にしたことがある。

咲弥は手袋を持ち、居間に向かった。

「母さん」

「はい？　どうしたの、そんな険しい顔をして」

「……朝名さんが、いなくなった」

「え⁉　そんな、た、大変、どうしましょう！　女の子がひとりで……危ないわ」

慌てふためく母に、咲弥は手袋を見せる。

「これが机の上に残されていた」

すると、羽衣子は手袋を手にとった。

「この手袋……」

「それ、朝名さんが一番大切にしていたものだと思う。よく嵌めていたし、いつも持ち歩いているようだったから」

朝名の手の痣を覆い隠す手袋。ただ必要に駆られて肌身離さず持っていたというだけでは説明がつかないくらい、彼女はこの手袋を大事にしていた。

わざわざ専用の巾着に丁寧に畳んで入れ、いつも懐にしまっていたのだから。

それを置いていくなんて、きっと何か、意図があってのことだろう。

羽衣子は手袋を見つめ、しばし何かを考え込んでいる様子だった。そうして、ようやく顔を上げる。

「やっぱりそうよ。これは昔、私が持っていたものだわ」

「え？」

「ほら、いつだったか……よく転んだり、怪我をしたりして手袋を破く私のために、あなた、繃帯や薬と一緒に替えのものを持っていたでしょう？」

説明されるまでもなく、咲弥には思い当たる節があった。

八年前、通りがかりに出会った少女のことだ。

すっかり記憶の彼方に去っていた出来事なのに、ひとたび思い出せば容易に蘇らせることができる。

『まだ少し大きいけれど、母より君のほうが似合う。だから、あげる』

そう言って、まだ時雨咲弥ではなく、津野咲弥だった頃の自分は、黒いレースの手袋をその少女にあげた。

泣きながら自傷する幼い少女が異様で痛々しく、子どもらしからぬ、すべてをあきらめたような彼女のまなざしを見ていられなかったから。

似た手袋だとは思っていた。しかし。

「まさか」

ありえない話だ。羽衣子の見立てが事実ならば、あのときの少女が朝名だったということになる。そしてそれが巡り巡って、また出会うだなんて。

咲弥の呆然とした呟きに、羽衣子が首を横に振った。

「間違いないわ。柄も同じだし……ほら、この手首のところの端。少しほつれたのを、私が直したの。でも、糸の色と質感が手袋に使われているものとちょっと違っていて……よく見るとわかるのよ」

そう言われても、とても信じられない。

咲弥は記憶を辿る。あのときの少女の面立ちを細かく思い出そうとしたが、出来事は思い出せても具体的な顔かたちまでは難しい。

ましてや、八年も経っていれば、思い出せたとしても同一人物だと確信するのは無理だろう。

「とにかく、僕は朝名さんを捜しにいく」

「ええ、早いほうがいいわね。何かあったら大変」

「行ってくる」

羽衣子から手袋を受けとり、懐にしまうと、咲弥は家を出た。

朝名が家を出て行ったのが、羽衣子が起き出すよりも前だったとすれば、まだ乗合自動車も走っていないような時刻だ。

ひとりで歩いて行ったのだろうか。

咲弥は手持ちの少ない小銭で乗合自動車に乗り、夜鶴女学院を目指す。

まだ登校時間には早く、人気のない学校の敷地を真っ直ぐに人魚の花苑へ向かった。

「頼む、いてくれ」

慣れた道を通って、椿の木の植え込みをかき分ける。開けた視界の先、当然、なじみの風景が広がっているものと思った咲弥は、絶句した。

「人魚の花苑が……」

昨夜の大雨で、池が溢れたのだろう。

今までの、まるで神域のような、静謐さを湛えた雰囲気が見る影もない。一帯は濁った水と泥に浸り、池の中央に鎮座する祠も、泥や草、葉がこびりついて汚れてしまっている。

そして、朝名の姿はどこにもない。

「どうして」

彼女がほかに行きそうな場所を咲弥は知らない。これまで、朝名の居場所は家と学院しかなかった。

まさか、天水家に戻っているということはないはずだ。

だとすると、まったく見知らぬ土地へ行ったのか。

咲弥はぬかるみで足が汚れるのも構わず、池の周りを歩き回り、必死に昨日の朝名の様子を思い出す。

咲弥が仕事を終えて帰宅したとき、朝名は家にいて、羽衣子の家事の手伝いをしていた。羽衣子は朝名が傘もささずにずぶ濡れで帰ってきたと心配していたけれど、そのときの彼女に、別段、おかしなところはなかったように思う。

食卓を囲んで話しているときも、いつもどおりの調子で、笑顔で――。

(本当に?)

朝名の笑顔は、とても上手だ。彼女の内側のいろいろなものを隠して、皆に気を遣わせない。作り笑顔だとわかっても、彼女の内心をうかがい知ることはできない。

乱れた髪が、頬にかかる。それを乱暴にかき上げて、咲弥は唸った。

「朝名さんは、笑顔にこだわるから……」

あ、と声が出る。どうして、今まで結びつかなかったのだろう。

『私は、先生がずうっと笑顔でいてくださったら、それで構いません。幸せは、笑顔でいる人のところにやってくるものらしいですから』

『笑顔でいる人のところに、幸せはやってくるんだって』

あの言葉は、ほかならぬ咲弥があのときの少女に告げたもの。ではやはり、あの少女は。

懐に入れた手袋の感触を着物の上から確かめる。

「捜さなければ」

咲弥は人魚の花苑を出て、校舎のほうに走る。職員室にはすでに何人かの教師が出勤していたが、簡単に声だけかけて、校舎の中を駆けずり回った。

（いない……ここにも）

すべての教室をしらみつぶしに捜し、朝名の教室も見たが、彼女をみつけることはできなかった。

そもそも、人魚の花苑にいなかった時点で、学院内にはいないと判断すべきだったのかもしれない。

帝都中を、当てもなく捜しまわるのは不可能だ。朝名は金を持っていないので、遠くへは行っていないはずだが、無数の人が行き交う帝都でたったひとりを捜し出すのはあまりに無謀。

頼れるものは、なんでも頼るしかない。

いったん学院を出ると、咲弥は最寄りの自働電話へ駆け込んだ。交換手に宛先を告げると、間もなく繫がる。

「時雨咲弥です。……ええ、はい、深介さんを呼んでいただけますか」

火ノ見家の使用人には、顔なじみも多い。名乗るとすぐに深介に取り次いでくれた。この時間であれば、日頃あちこちを飛び回っている深介もまだ屋敷にいるはずだ。

〈咲弥か？　なんだ、いきなり〉

速やかに電話口に出た深介に対し、咲弥は挨拶もせず本題に入った。

「急用だ。今すぐに頼みたいことがある」

〈構わないが……どうした〉

「天水朝名さんを捜してほしい。警察でも、探偵でも、なんでもいい。君の伝手で、頼む」

答えがない。やはり、無理だったか。しばらくすると、深介の堅い声音が受話器から聞こえてきた。

〈天水朝名が、いなくなったのか?〉

「そう。だから、捜してほしい。僕の結婚のことはひとまず置いておいても、若い女性がひとり行方不明なんだ、何か事件に巻き込まれていないともかぎらない——」

〈捜す必要なんかないだろう〉

早口で言い募る咲弥に、深介は素っ気なく言い放つ。

〈好都合じゃないか。天水朝名さえいなくなれば、あらゆる問題に片が付く。無理に捜しだす必要性を感じない〉

「……本気で言っているのか?」

咲弥は唸るように、声を絞り出す。

深介は咲弥の都合のために朝名を見捨てろと言っているのだ。信じられない。

いくら天水家が悪事を働いていて、深介が潔癖といえど、まだ十六の少女を放っておけなどと。

「君がそんなことを言う人間だとは思わなかった。もっと、情のあるやつだと思っていたよ」

〈あいにく、化け物にかける情は持ち合わせていない〉

瞬間、すっと何かが冷めていく心地になった。化け物——その言葉を、よりにもよって咲弥の友人が朝名に対して使うとは、思いもよらなかった。

頭の奥がきん、と凍りついたかのごとく、鋭く痛む。

「もう一度、言ってみろ」

〈化け物だ、天水朝名は。人ではない。別に死にはしないのだから、放っておけばいい〉

「深介……！」

〈しかも、自分からいなくなったんだろう？　よかったな、化け物でも身の程をわきまえていて。お前は自由になったのだ〉

まさか、と咲弥はおぞましい想像に震えた。

「君、朝名さんに面と向かってそれを言ったわけではないよね？」

違うと言ってほしい、そう祈る気持ちで訊ねた咲弥に、深介はあっけらかんと答えた。

〈言ったが？〉

全身から力が抜け、危うく膝から崩れ落ちそうになった。

あのようなことを直接言われて、朝名はどう思っただろうか。深く傷ついたに違いない。

どうして、どうしてそう、平然としていられる。何の罪もない少女を化け物と誹り、貶《おとし》めて、どうして。

「……よく、わかった」

〈ああ、わかったらさっさとあんな化け物のことは忘れて、天水家とは縁を切れ。そして……〉

「違う。僕が縁を切るのはお前だ、火ノ見深介」

〈は？〉

「もうお前なぞを、友とは呼ばない。僕は金輪際、お前を頼らないから、お前も二度と僕の前に姿を見せるな」

〈咲弥、落ち着け〉

「このまま朝名さんが見つからなかったら、お前を一生恨む」

〈おい、おい待て。咲弥、話を――〉

深介が引き留めるのを無視して、咲弥は乱暴に電話を切った。腹の底から、吐き気がする。しばらく、受話器から手を離せないまま、うつむいていた。

友だから、そのうちわかってくれると思った。

どんなに天水家が悪事に手を染めていたとしても、いずれは咲弥の大切にしたいものを理解してくれ、共に立ち向かってくれるのではないかと。

いつでも咲弥を慮ってくれた深介だからこそ、つらい立場にいる朝名のこともゆくゆくはわかってくれるだろうと。

大きな、間違いだった。

「くそっ」

咲弥は再び受話器を持ち上げる。

深介を頼れなくなった以上、自分の伝手でなんとかするしかない。

洋行から帰ったばかりでろくな繋がりもないが、どんなに縁の浅い相手も今は頼みだった。

まずは異国から連れてきた咲弥の資産の管理などをしている者に連絡をとり、使えそうな伝手を探してもらうところからだ。

「――もしもし。僕だ。ああ、頼んでいた案件ではなく、うん、別件で……」

◆

朝名はひとり、人魚の花苑にいた。

雨が止み、朝日が昇る前に津野家を出て、歩いて夜鶴女学院に来て、人魚の花苑の変わり果てた姿を目の当たりにした。

それでも、朝名がいたい場所も、いるべき場所も、ここしかない。

どうやら身体はすっかり透けて、朝名のことは誰にも見えなくなってしまったらしかった。昨日はどうにか元に戻ったが、今度はどうなるかわからない。現に、こうして日が昇り、しばらくしても身体が戻る気配はない。

「なんだか、幽霊になったみたい」

物には触れられるものの、ぬかるみの上を歩いてもなぜか足跡がつかない。鏡にも映らないのだ。

朝名は泥にまみれた祠の石垣の上で、膝を抱え、蹲る。

自分が生きているのか、死んでいるのかもわからない。

先ほど、咲弥がやってきた。ひどく焦って、朝名を捜しているようだった。心配をかけてしまっている。しかし、このような姿ではどうしようもない。

息を潜めて、反応するか否か悩んでいるうちに咲弥はどこかへ行ってしまった。

もともと、どうにかして津野家を出ていくつもりではあった。

だから、使っていた部屋を綺麗に片付けておいたのだし、借りたものは服以外、返そうと整頓して置いてきた。

けれど、こんなふうに挨拶もなしに去るつもりは毛頭なかったのに。

「これじゃあ、私、とんでもなく恩知らずで無礼な女よ……」

うんざりする。一方で、これでよかったのかもしれないと思いもした。

このまま、誰にも気づかれずにここで朽ち果てれば、まったく後腐れなく万事解決する。

友人たちも、天水家も、勝井も……そして、咲弥も。

きっと最初は朝名を心配したり、血眼になって捜したりするだろう。だが、そんなものはいつまでも続かない。朝名が見つからなければ、いずれはあきらめ、忘れ、どうでもよくなる。

海に流れ込んだ水が、そのままわからなくなるように。

「やだ……」

今の状況は、朝名にとってとても都合がいい。そのはずなのに、湧き上がってくるのは、いやだ、つらい、苦しい、そんな感情ばかりだ。

「……先生が、皆が、笑顔で幸せなら、それでよかったはずでしょう」

なぜか涙が溢れてくる。目頭から次々と温い雫が浮かんで、頬を伝い、流れ落ちて、止まらない。

今さら、気づいてしまった。自分の中にある、大きな感情に。

こんなふうになってからでは、遅いのに。

「寂しい。ずっと、寂しかった。ひとりはもういや……！」

泣きじゃくりながら吐露した本音。誰も聞いていないと思ったそれに、答えがあった。

「朝名さん⁉ そこにいるのか⁉」

咲弥の声だった。顔を上げると、いつの間にか、泥だらけの池の畔に彼がいる。

数刻前にここにきたときより、咲弥の格好は乱れに乱れていた。結った髪はほつれ、長着も着崩れて、袴の裾は汚れている。

朝名を捜して、捜して、きっと駆けずりまわって、それでもと戻ってきてくれたのだろう。

「朝名さん、どこだ⁉　いるなら、姿を見せてほしい」

咲弥は今までに見たことがないような、心許ない顔をしていた。たくさん、傷ついた顔だ。

彼にあの顔をさせたのが自分だと思うと、胸が張り裂けるほど不甲斐なくて、情けなくて……けれど、こうして迎えにきてくれたのが、うれしくてたまらない。

「僕はとんでもなく、鈍い男だった。君に呆れられて、愛想を尽かされても文句は言えない」

彼は懺悔《ざんげ》するかのごとく、ぽつり、ぽつりと独白する。

「あのときの僕の言葉を、君はひとりでずっと守って生きてきたんだろう。僕自身はすっかり忘れていたのに。どんなにつらくても、笑って」

「…………」

「きっと、君は最初から気づいていたんだろうね。そして、僕の言葉を君にばかり背負わせて、孤独に戦わせていた……ごめん、本当にごめん」

「……………」

「──君が、八年前のあの子だと今まで気がつかなくて、ごめん」

思い出したのだ。彼は、朝名と初めて会ったときのことを。

そうして、理解したのだろう。朝名がなぜいつも、笑顔を作るのか。咲弥に笑っていてほしいと言ったのか。咲弥を天水家から遠ざけようとするのか。

なぜそこまで、朝名が咲弥を守ろうとするのかを。

朝名は無意識に立ち上がり、濁った池の水をかき分け、咲弥のほうへ吸い寄せられるように歩いていく。

「先生」

呼べば、伏せられていた咲弥の目が真っ直ぐにこちらを向く。朝名の姿は見えていないだろうに、声は、聞こえているのだろうか。

「朝名さん──そこに、いる?」

「……はい」

朝名は、手袋をしていない痣のある左手を伸ばした。

咲弥を幸せにしたいのならば、この手を伸ばすべきではない。

けれど。

咲弥と再会して、彼と過ごして、彼のいろいろな表情を知って。彼が、朝名をいつでも見つけて、わかってくれるから。

ずっと、ずっと、ひとりでつらくて、寂しくてたまらなかった自分の気持ちに気づいてしまった。

もうこの手を、伸ばさずにはいられなくなってしまった。

咲弥の右手が上がる。宙を探るようにさまよった手は、ついに朝名の左手に触れた。

触れることが、できた。

じんわりと、咲弥の手のぬくもりが伝わってくる。

それと同時に、朝名の身体は徐々に透明さを失い、元に戻り始めた。

「先生。私こそ、ごめんなさい……黙って、いなくなったりして、心配をおかけして」

「そんなことは、どうだっていい」

咲弥は触れた朝名の左手をそっと摑み、朝名の身体を引き寄せて、抱きしめる。

彼の腕の中は温かい。花の香りと咲弥の煙草混じりの匂いに包まれ、少し速い鼓動を感じて、朝名は安堵する。

止まりかけていたのに、涙でまた、目頭が熱くなる。

「君が無事で、見つかって、よかった」

朝名は声を上げて泣いた。堰を切ったように、自然と涙が次から次へ零れ落ちる。

こんなにも、ほっとしたことはない。こんなにも、安心したことはない。こんなにも、誰かの言葉が心強かったことはない。

「先生、……先生っ」

「僕が君にあんなことを言ったから、八年も笑ってばかりで疲れただろう」

「いいえ。私は……あの言葉があったから、今まで生きてこられました。なんとか強くあろうと、父や兄の前でも立っていられました」

鼻の奥がつんとして、声が震える。

「でも、本当はずっと寂しかった。もう、皆を遠ざけて生きるのはいやです」

「うん」

「でも、……でも、私の存在が先生や、友だちを傷つけるのは、もっといや。先生の足枷にも、なりたくありません」

「僕にとって、君は足枷なんかじゃない。――探そう。君も、君の周りの人たちも、皆が笑顔でいられる道を。君ひとりが、すべてを背負って消える必要はないんだ」

咲弥の言葉は、朝名にとても都合よく聞こえた。彼の言う道が、どんな道なのか、今の朝名には想像もつかない。

けれど、やはり、信じたくなってしまう。あのときと同じように。

「今度は僕も君と一緒に背負う。一緒に探すから、黙って消えるのだけはだめだ」

「……はい」

朝名の身体はすっかり色を取り戻していた。

冷たい泥水が靴の中に沁み込んで気持ちが悪いのに、張りつめていた心は楽になっていく気がする。

「朝名さん」

「は、はい！」

あらたまって名を呼ばれて、朝名は咲弥から身体を離して少しだけ居住まいを正した。

すると、咲弥は朝名の両手を、彼の両手でとる。

「僕と、結婚してほしい。僕が君を、ずっと、笑顔にする」

不安げに揺れる咲弥の瞳を正面から見つめ返し、朝名は笑う。あんなにも絶望的だった胸の中が、今は晴れやかだった。

「はい。……私も、先生と、笑っていたいです」

知らぬ間に高く昇っていた日の光が、人魚の花苑に差す。

泥で汚れきり、とても美しいとはいえなくなった人魚の花苑だけれど、朝名の目にはいつよりも輝いて、希望に満ちて見えた。

◆

夕方の夜鶴女学院の校舎は、窓から真っ赤な日が差し込み、影になっているところの濃い黒と鮮やかな対比になっていた。

一階の応接室で、咲弥は朝名と並んでソファに座る。木製の低いテーブルを挟んだ向かいに、深介が座っていた。

正直、深介への怒りはまだ冷めやらない。知らず険悪さを漂わせてしまい、重苦しい空気で隣の朝名を怖がらせているのも察している。けれど、今回ばかりは自重できなかった。

本当ならば、宣言したとおり、咲弥は二度と深介と顔を合わせないつもりだった。

(でも、他ならぬ朝名さんの頼みだから)

当の朝名に、深介と会うための席を設けてもらいたいと言われてしまえば、咲弥はそれを聞くしかない。

とはいえ、である。

「話を始める前に、ちょっといいかな」

咲弥は軽く片手を挙げて、切り出した。朝名がうなずいて返すのを確認し、立ち上がる。

「深介、こっちに」

自分でも驚くほど声に感情がこもらない。

テーブルから少し離れた場所に深介と向かいあう。彼のほうも、静かな双眸で咲弥をひたと見つめている。

腹が立った。まるで、咲弥が何を言うかわかった上で、開き直っているようだ。

咲弥は拳を握りしめる。

「朝名さんは目を瞑っていて」

はらはらとこちらを見つめる朝名に告げて、同時に左足を踏み込み、握った右手で深介の顔面を思いきり殴りつけた。

ご、という重い音がしたのち、深介の長躯は凄まじい勢いで吹き飛び、床に転がる。

「きゃっ」

朝名の短い悲鳴が響いた。

「深介、何か弁明はあるか?」

痛む拳を気にせず、咲弥はうずくまる深介を見下ろし、問う。冷え冷えとした怒りは深介を殴り倒してもなお、まったくおさまらなかった。

「…………」

深介は上体を起こしつつ、ちらりと朝名のほうを見た。彼の視線は相も変わらずやはり鋭かったが、普段のような力はない。

切れた口許を荒々しく右手で拭い、手についた血を見て顔をしかめると、深介は大きなため息をついた。

「……俺は間違ったことをしたとは思っていない」

「そう。まだ足りないのか」

咲弥は深介のシャツの襟を掴もうと手を伸ばすが、朝名に「先生！」と止められる。

「待ってください。暴力は、もうだめです」

「冗談だよ」

咲弥はぱっと両手を挙げてみせた。

本当は少しも冗談ではなかったが、今は朝名の意思のほうが大切だ。彼女に嫌な思いをさせては意味がないので、納得いかない気持ちを抱えながら、咲弥は大人しく彼女の言うことに従った。

その間に深介は立ち上がり、淡々とシャツの襟を正している。

「俺は天水家も、君のことも嫌いだ」

深介が朝名を見ながら呟く。

面と向かって嫌い、と言われても、朝名は怒りを欠片も見せない。おそらく、天水家や朝名の本性を知って、嫌いにならないほうがおかしい、とでも考えているのだろう。

彼女はいつでも、自身を冷静に評価している。

「……咲弥」

「なに」

「お前は、そこの……彼女、を守るためなら俺との関係を捨てても構わないくらい、人生をなげうっても構わないくらい、彼女のことが好きなのか」

そばで朝名が身体を強張らせたのがわかった。

朝名と、深介と、どちらを選ぶのか。これはそういう問いかけだ。

以前なら、迷わず深介を選んだ。彼は咲弥がつらいときも常に味方でいてくれた親友だからだ。

けれど、昔の咲弥と同じく苦しんでいる朝名に、深介は理解を示さなかった。それどころか牙を剝いた。

咲弥がいなくても、深介にはいくらでも居場所がある。一方、今ここで咲弥が朝名を見捨てたら、朝名はひとりになってしまうだろう。

どこか心許《こころもと》なげな表情をしている彼女を、孤独にしたくない。守りたい。

(僕は朝名さんの支えになると決めた。僕にとっての深介がそうだったように)

そして何より、彼女のそばが心地いいことを、もう知っているから。

「うん。──そのくらい、好きになりそうな気がしている」

咲弥は笑った。できるかぎり美しく、艶やかに、誰にも、何も言わせないほどの存在感を誇示して。

深介が息を呑んだのがわかる。

「せ、先生……」

「僕は本気だよ」

顔を真っ赤にして呟いた朝名に、咲弥は念押しした。

きっと彼女のことだから、咲弥に自分が選ばれるわけがないと思っているはずだ。

確かにいい女性はこの世にたくさんいる。客観的に見て、朝名よりも好条件かつ、優れた女性も大勢存在するだろう。

しかし、咲弥が出会い、安らぎを感じたのは朝名だった。守りたい、支えたいと望んだのは朝名だけだ。

咲弥の念押しに、ますます動揺し、耳まで真っ赤に染めた朝名が問うてくる。

「ほ、ほほ、本気なんですか……」

「うん」

朝名の顔をのぞき込むようにして笑うと、後頭部の簪が軽やかな音を立てた。

咲弥たちのやりとりを黙って眺めていた深介が、やがてあきらめたように息を吐く。

「……そうか」

深介は朝名のほうに歩み寄り、ごく浅く頭を下げた。

「化け物、は言いすぎだったと思う。それに、天水家のことも、あの勝井子爵のような悪人に手を貸す真似をしたことは間違いだった。すまない」

深介がしたことは咲弥が洗いざらい調べ上げ、すでに朝名にも伝えてある。

すべては、咲弥と朝名の結婚を破談にするため。

深介は勝井に資金援助を持ちかけ、以前より高い値で天水家から朝名を買うように唆した。

勝井が前よりも高額での取引を持ちかけたことにより、天水家は御しにくい咲弥を相手にするよりは、と、再び勝井と朝名の縁談を復活させる方向に話を進めたのだ。

どこまでも強欲な天水家の男たち。

同時に、深介までもが関与していたと知ったとき、咲弥は愕然とし、彼らを心の底から軽蔑した。

拳ひとつでは到底足りないくらいに。

深介に向き合った朝名は、感情を見せない声で訊ねる。

「あなたの行動は……本当に先生の、ためだったのですか？」

擁護するつもりはさらさらないものの、深介の一連の行動は、咲弥の身を案じた末の行き過ぎた行動だろう。

だが、逆に考えたらどうか。咲弥は深介のためにそこまでできるだろうか。いくら親友のためとはいえ、大金を払い、朝名に信じられないほどの憎しみをぶつけるのは違和感がある。

静かに問いかけた朝名に、深介はうなずかなかった。

「言い訳はしない」

深介の表情は硬いままだ。咲弥たちがどれだけ言葉を尽くそうとも、おそらく届きはしない。

朝名が顎を引き、背筋を伸ばす。そうして浮かべたのは、八年もの間、彼女が磨き抜いてきたのであろう笑みだ。

「わかりました。謝罪は受け取ります」

「……感謝する」

深介は声を絞り出し、顔を上げ、踵《きびす》を返した。そのまま「失礼する」とだけ言い残し、応接室を出ていく。最後の彼の表情はよく見えなかった。

「勝手に帰るなんて、絶対に反省していないな……あいつ」

友人だった男の後ろ姿を見送ったのち、思わず、咲弥は吐き捨てる。真意を隠し、反省の色の見えない彼を、とても許せそうにない。

ふと、隣を見ると、朝名が気遣わしげな視線を寄こしてきているのに気づいた。

（ああ……また心配させているな）

深介と絶交し、朝名を選んだのは間違いなく咲弥の意思だが、朝名はきっと、自分のせいで咲弥と深介が仲違いしたと気に病んでしまう。

「また、余計なことを考えているね？」

「ひゃっ」

咲弥がごく近い距離で声をかけると、朝名は飛び上がった。

「驚かさないでください……」

「君が悶々《もんもん》と考え事なぞしているから」

ふ、と咲弥は息を吐く。そして、朝名の頭を優しく撫でた。

「気にしないでいい。君は、何も。君が悪いことなんて、ひとつもない」

「……はい」

「君のそういうところ、僕は好きだけれどね」

「はいっ？」

朝名がまた驚いた様子でこちらを見上げてくる。しかし、咲弥はあえてけろりとして知らん顔をしてみせた。

（少し、からかいすぎたかな）

唇を尖らせて拗ねている朝名は可愛らしい。彼女がずっとそうして、感情豊かにいてくれたらいいと咲弥は願わずにはいられなかった。

◆

翌日、朝名はいつもどおりに登校した。

これまでと変わらず、咲弥と時間をずらし、津野家からひとりで学校に来て朝名が教室に入ると、級友たちの視線がいっせいに突き刺さってくる。

「おはようございます」

朝名の挨拶に、おはようございます、と明るい挨拶がいくつも返ってきた。これも、普段と何も変わらない。

けれども、自分の席に荷物を置いたところで、朝名は違和感に気づいた。

(そういえば、杏子さんは……)

いつもなら真っ先に挨拶を返し、そばに寄ってきて朝名に話しかけてきてくれる杏子がいない。

不思議に思い、ぐるりと教室を見回して、ようやくその姿を見つける。

彼女は相変わらずの美しい笑顔で級友たちと談笑していた。こちらを気にする素振りすらなく、朝名の席から離れた場所で。

（どうしたのかしら）

まだ何も言っていないのに、何か彼女の気分を害することをしてしまったかと考え、もしかしたら、朝名に怪我をさせて気まずく思っているのかもしれないと思い直す。

だが、それならそれでいい。自分から、話しかけよう。

——杏子に、自分の気持ちを伝えなければ。

朝名は真っ直ぐに杏子のもとへ向かった。

「杏子さん」

朝名の呼びかけに、杏子はびくり、と肩を震わせる。次いで、向けられたのはすこしばかり引きつった笑み。しかし、その目は笑っていなかった。

「朝名、さん」

「あの……？」

一歩、二歩と近づいた朝名に、杏子はわずかに後ずさって叫ぶ。

「ち、近寄らないで！」

「え……」

急な拒絶に、朝名だけでなく、周囲の級友たちも驚いて杏子を振り返った。

こんなことは、今まで一度もなかった。杏子と朝名は皆が認める親しい友人同士であり、まして、完璧な淑女である杏子が声を荒らげることなどありえない。

杏子は注目を浴びて、はっとしたように目を見開くと、慌てて表情を取り繕う。

「あ、ご、ごめんなさい。その、なんでもありませんから」

「……杏子さん」

朝名は覚悟を決めた。どういうわけか、杏子に避けられているようだ。けれど、これから朝名が話したいことは変わらない。

「話があるの。今日の放課後、二人で話せませんか?」

朝名が静かに問えば、杏子は目を伏せ、小さくうなずく。

「わかりました」

その日、授業が始まり、休み時間になっても、朝名と杏子はいっさい口を利かず、互いに寄りつきさえしなかった。

いつも朝名と杏子を囲む友人たちは、うろうろと視線をさまよわせ、朝名に話しかけたり杏子に話しかけたりと、いたたまれなさそうにしていた。朝名はそれを申し訳なく感じたけれど、どうしようもない。

そうして、放課後。

付き添って仲を取り持とうか、という友人たちの申し出を丁重に断り、教室で朝名は杏子とずいぶん距離を開けて向かい合った。

「杏子さん」

朝名は重い口を開く。

これを言ってしまえば、大切な友人を失ってしまうかもしれない。本心や秘密を打ち明けることはできなくても、杏子は朝名にとって間違いなく大切な友だったのに。

それでも、言わずにいるのは卑怯だ。朝名の口から、伝えなければいけないことだから。

「ごめんなさい。私は……杏子さんの、時雨先生への想いを応援することはできないわ」

うつむいている杏子の顔は、あまり見えない。

「もっと早く、きちんとあの場で伝えるべきだった。——私は、時雨先生と婚約しています。時雨先生は私にとっても、大事な方なの。だから、励ますことも相談に乗ることも、できません」

きっぱりと告げる。緊張で心臓が強く鳴り、まるで全身が脈打っているよう。

朝名はこの場を去りたい気持ちを必死に押しとどめ、杏子の答えを待った。

「……朝名さんは、真面目ね」

現実にはほんの数分だろうが、何十分も経ったかのような長い、長い沈黙のあと、杏子はぽつりと、そうつぶやいた。

ゆっくりと杏子が顔を上げる。

その表情は、今にも泣きだしそうに、けれどどこか憎々しげにしかめられていた。

「あなたは、頭が鈍いのだわ。……応援して、なんて、わたくしが本気で言ったと思ってらっしゃるの？」

「え？」

「知っていたわ、あなたが咲弥さんと婚約していること。知ったのは最近だけれど、あなたが咲弥さんのおうちから出てくるところを見たの」

「あ……」

朝名はただ呆然と、杏子の目を見つめ返すことしかできなかった。

「朝名さんは真面目だから、わたくしがああ言ったら悩むでしょう？　それで身を引いてくれないかと思ったのよ」

唇をわななかせ、杏子は必死の形相で朝名を睨んでくる。

一途に咲弥だけを慕っていた杏子の心を、朝名は砕いてしまった。そう、悟った。

「わたくしは、あなたよりもずっと前から、ずっと咲弥さんが好きよ。愛しているわ。だから、真面目なだけでたいして咲弥さんに興味もなさそうなあなたが、咲弥さんと結婚するなんて、許せないの」

「杏子さん……私」

謝りたくて、一歩前へ出る。けれど、今朝と同じく、杏子は後退して朝名から距離をとった。

「近づかないで」

「どうして」

「わたくし、見たわ。あなたの手の傷が、一瞬で治ってしまうところを」

身も心も、凍りつく。全身の温度が下がって、朝名は動けなくなった。あの裁縫の授業のときだろうか。

「そのことを、あなたと咲弥さんを気にしていた火ノ見さまに伝えたの。そうしたら、あなたは化け物なのだとおっしゃって」

ああ、と納得する。

思い返してみると、火ノ見——深介はあのとき朝名を、はっきりと確信をもって『化け物』と呼んだ。人魚の血の娘のことを、朝名の体質を知らなければ、そうは呼ばない。

人魚の血の娘について、伝聞だけ、情報だけでは確証を持てないはず。

おそらく、学校で咲弥と会っていたあの前後に杏子とも会っていて、杏子がした証言が決め手になったのだ。

「わたくしは、どうしたらいいの。あなたが憎いのよ、咲弥さんを奪うあなたを許せないわ。それに、あなたのことがすごく怖《おそろ》しいの！」

杏子は声を震わせ、両手で顔を覆った。

友人からの、許せない、怖しいという言葉が朝名の胸を深々と抉る。

（……そうだったのね）

初めて気づいた。朝名は、普通の人として過ごせる学校という場所と、友人である杏子たちに、自分で思っている以上に、安らぎを感じていたのだと。

目頭が熱くなる。胸が痛くて、苦しくて、堪らない。ただ化け物と罵られるよりもずっと。

（でも、泣いたらだめだわ。私に、泣く資格なんて）

正面に立つ杏子は、すすり泣いている。しかし、何も言えないでいる朝名に、彼女は涙声で言った。

「朝名さん、あなたを……恨むわ。わたくしは、あなたの生真面目なところも、大人びていつも物静かなところも、好きだったのに。一番のお友だちだと思っていたのに」

「……私も」

拳を握りしめる。滲む己の涙が、悲しみゆえのものかもわからない。ただ、必死だった。溢れる思いのままに、朝名は吐露する。

「私も、杏子さんを大事なお友だちだと思っているわ」

杏子の顔がいっそうくしゃくしゃに歪められた。そして、彼女は身を翻して教室から走り出る。

最後に朝名へ向けられた瞳はひどく潤んでいて、浮かんでいたのは、やるせない悔しさのような色。

朝名はその場にしゃがみこんだ。

杏子とは、もう二度と、以前のような友人同士には戻れない。

当たり前だ。杏子が深介からどこまで話を聞いたかわからないけれど、少なくとも朝名の体質のことを知ったのだから。

化け物とわかっていても受け入れてくれとは、朝名にはとても言えない。

それでも。それでも、願ってしまう。

こんな状況でも朝名に「友だちだと思っていた」と言ってくれた杏子と、また、一緒に笑いあえる日がくることを。

(信じてもいい？　ほんの少しだけなら希望を持っていても、許される？)

杏子を傷つけた自分でも、皆を騙している化け物の自分でも。

朝名はしばらく、その場から動けずにじっと蹲っていた。

◆

咲弥は朝名の教室を目指し、ゆっくりと階段を上がる。

放課後、杏子と二人きりで話すと言っていた朝名が気がかりで、様子を見がてら、迎えに行くためだ。

何を話すか、詳しくは聞いていない。

おそらく、咲弥が深く踏み込むべきことではない。

階段を上がりきると、人気のない廊下を進む。目的の教室まではすぐだ。しかし、そこで咲弥はひとりの少女とばったり出くわした。

「君は……」

立ちふさがるように正面に立つ少女に、咲弥も足を止める。

「湯畑智乃と申します、時雨先生」

つんと澄ました顔で、優雅に会釈した智乃。雰囲気にまだ幼さを残すものの、その立ち居振る舞いはやけに堂々としていた。

呆気にとられ、立ち尽くす咲弥を、智乃はキッと鋭いまなざしで射貫いてくる。

彼女から敵愾心《てきがいしん》のようなものを感じるのは、なぜだろう。

「時雨先生は、朝名お姉さまとご婚約されているそうですね」

「え？　ああ、うん……いや、それを、どこで？」

「そんなことはどうでもよいのです」

困惑する咲弥の疑問をばっさりと切り捨て、何をするかと思えば、智乃は真っ直ぐに咲弥を指さし「いいですか」と言葉を続けた。

「わたくしのお姉さまをもし少しでも傷つけたら、承知いたしませんからね」

「…………」

「女たらしもいい加減にしませんと、お姉さまがどれだけ傷つくか。……現に、今だって」

束の間、智乃は痛ましげに眉をひそめ、目を伏せていた。けれど、すぐにまた目線を上げる。

「とにかく、おわかりいただけましたか？　くれぐれも、中途半端な気持ちでお姉さまを泣かせないように、お願いいたします」

智乃は一方的に告げ、咲弥の返事も聞かずにさっさと横を通り過ぎ、階段を下りていった。

（なんなんだ、いったい）

朝名を慕っているのは確かなようだけれど、いささか面倒な気配のする少女である。

反論の余地もなく糾弾されたようで、なんとなく釈然としない。

「はあ」

ため息をひとつ吐いてから、咲弥はあらためて朝名の教室へ向かう。開け放たれた出入り口から教室をのぞけば、膝を抱えてしゃがみこむ朝名の姿が見えた。

「朝名さん」

呼びかけた咲弥の声に、細い肩が震える。

もしかして、泣いているのか。

静かに近づくと、朝名は咲弥が何か言う前にすっくと立ち上がり、こちらを振り返った。

「先生。ごめんなさい、お待たせしてしまいましたよね」

「いや、全然、待ってはいないけれど」

朝名は眉尻を下げ、少し弱々しさのある笑みを浮かべている。けれど、彼女の目に涙の跡はなかった。

しゃがみこんでいたあの姿を見れば、何もなかったのだとは到底考えられない。

それでも、朝名は自分の思いを覆い隠すのが得意だから。

「……大丈夫？」

咲弥は思わず、訊ねる。他に何を言えばいいのかわからなかったし、深く思案する前に口が勝手に動いていた。

けれど、表情が暗くなるかと思った朝名は、いつもどおりに微笑む。

「先生、あまり私を甘やかさないでください」

「甘やかしてはいないよ」

「いいえ。そうやって訊かれると、また頼りたくなってしまいますから。……先生はもうお帰りですか？」

「あと少し、仕事が残っているかな。君は、どうする？　まだ時間も早いし、これからいつものところへ？」

朝名は考え込み、ややあってから答えた。

「そうします。雨でぐちゃぐちゃになってしまったので、掃除と片付けをしたいですし」

無残な姿になった人魚の花苑を思い出す。

あれを元どおりにするのは、なかなか骨が折れるに違いない。また訪ねていって、作業を手伝おうと、咲弥は内心で決める。

その後、二人で職員室近くまで歩いていった。

朝名は口数が少なかったが、途中で、ぽつり、とつぶやく。

「先生のお気持ちが、少し、わかった気がします」

「僕の気持ち？」

「お友だちだから信じたい、という気持ちです」

彼女は、咲弥が深介に対して言ったことについて話しているのだろう。

互いに秘密を抱え、親しい友人がそう多くない朝名と咲弥。どこか似た境遇ゆえに、理解できてしまう。

大切な友人だからこそ、失いたくない、わかってほしいと願い、そうなるまで信じていたいのだ。

咲弥とて、まだ深介と友人でいたかった。だが、彼の行為は到底、許せるものではなく。

（朝名さんも、杏子さんと……）

朝名も咲弥も、普通には生きられない。家のしがらみや自身の宿命が常について回り、自由もなく、人を信じることが難しい。そんな中で、信じられる、信じたい、と思える人とせっかく出会えたのに、別れなくてはならないつらさ。

朝名の心境が、痛いほど察せられる。

「……仕事が終わったら、迎えに行くよ。一緒に帰ろう」

孤独に苦しんできた、今なお、痛みに耐える彼女を元気づけたい。純粋に、咲弥はそう思った。

（僕にできることを探そう）

そしていつかは、彼女も自分も、つきまとう運命の呪縛から逃れ、ただのひとりの人としての人生を歩むのだ。

手始めに、天水家を変える。その準備もすでに大詰めだった。

（さて、僕のもう一つの職業を朝名さんにいつ伝えようか……）

隣の少女を見遣る。すると、ちょうど上目遣いにこちらを見上げてきた彼女と目が合った。

小さく笑った朝名の表情に、どきりとする。

なぜだか、深みにはまっていくような――うれしいような、不安なような気持ちが複雑に絡み合うのを感じながら、咲弥は笑みを返した。

終章

――君に渡したいものがあるから、今日は人魚の花苑にいて。

今朝、咲弥にそう言われ、朝名は授業が終わったあと、人魚の花苑でひとり、咲弥の訪れを待っていた。

未だ津野家に厄介になっている朝名である。ものを渡すのなら家でもいいのでは、と疑問に思ったが、元より人魚の花苑には行くつもりだったので素直にうなずいた。

人魚の花苑はまだ少し、大雨の爪痕を残している。

毎日、朝名も手入れをしているけれど、池の水はやや濁りぎみで、草むらも土が剝き出しの箇所がところどころある。

椿の木も、下のほうが乾いた泥で薄茶色に汚れていた。

しかしそれも、もう少し経てば梅雨の時期になり、また雨で洗い流されていくだろう。

朝名は久しぶりに池の中央に建つ祠の石垣に、袴が汚れないよう、ハンケチを敷いて座っていた。

しばらく、ぼんやりと光る水面を見つめる。

朝名には自らの意志で解決しなければならないことが山ほどある。そのため、近いうちに再び天水家に戻る必要がどうしてもでてくるはずだ。

けれど、天水家に戻るのは、今までのようにただ飼われるためではない。まっとうに、天水家の一員として生きていくためだ。

そんな朝名に、咲弥は一生、寄り添ってくれるという。

どんな理由であれ、咲弥が朝名を支えてくれるというのなら、朝名は同じく一生をかけて咲弥に恩を返し続け、彼が決して不幸にならないよう、努力し続けたい。

一緒にいられることに、ただ感謝しながら。

さほど時間の経たないうちに、咲弥がやってきた。その両腕には、いくつかの重ねられた植木鉢と、スコップが抱えられている。

「ごめん、お待たせ」

「先生、いったいどうされたのですか？」

朝名は急いで池を出て、裸足のまま咲弥に近寄る。

咲弥は抱えていた空の植木鉢を地面に置くと、その中から、小さな布袋を取り出して中身を朝名に見せた。袋の中には、黒い小さな豆に似た粒がたくさん詰まっている。

「種？」

首を傾げた朝名に、咲弥はうなずく。

「そう。これは、朝顔の種だよ」

「朝顔……」

「この種を植木鉢にまいて、ここで育てたらどうかと思って」

朝顔を、椿の花以外の花を、この人魚の花苑に。

願ってもないことだった。永遠に咲き続ける花ではなく、始まりがあり、終わりのある花をここで育てる。

想像しただけで、心が浮き立つようだ。

「素敵です。私、育ててみたいです」

「よかった」

「でも、どうして朝顔を？」

確かに夏の花である朝顔なら、今の時期に種まきをするのにぴったりだけれども。何か、理由があるのだろうか。

朝名の疑問に、咲弥は微笑みながら答える。

「ああ……朝名さんは前に、好きな花はないって言っていたよね」

「はい」

どうしてその話をするのかと、よくわからないままうなずいた朝名に、咲弥は問う。

「朝顔の別名は知っている？」

「いいえ……何ですか？」

「あさな草。つまり、君の花だ」

考えたこともなかった。――自分の花、なんて。

椿は八百比丘尼の花であり、天水家の花だ。朝名にとっては呪いのようにしか思えないものだった。

けれど。

「私の……」

「椿ばかり万年見ていても、気が滅入るからね。どうせなら、君に、君と同じ名前の花を気に入ってもらえないかと思って。……それと、あとこれも」

懐を探り、咲弥は何か布の切れ端のようなものを取り出した。

――可愛らしい、リボンだ。しかもよく見ると、朝顔の模様の刺繡が入っている。

「どうぞ」

朝名は黙って受けとった。顔を上げられない。言葉が、出てこない。

あの、レースの手袋が、あれだけがずっと朝名のものであったように。咲弥はいつも、朝名だけのものをくれる。

朝名を見て、朝名を思って。たったそれだけのことが、朝名にとってどれだけ大切で、うれしいか。きっと咲弥は知らない。

彼がいつも朝名を、人魚の血の娘ではなく、ただの天水朝名でいさせてくれる。

「ありがとう、ございます。先生……」

「いや、あの、泣くほど嫌だった？」

声を詰まらせ、震えさせながら感謝を告げる朝名に、咲弥が困惑しているのが伝わってくる。

「いいえ……いいえ！　ただ、うれしくて」

「だったらよかった。君が心から笑っていてくれるなら、僕は満足だからね」

朝名が一生懸命に首を横に振ると、咲弥は照れくさそうに言った。

この時期にしては珍しく、爽やかな微風が人魚の花苑を通り抜けていく。椿の葉が、さわ、と風に撫でられて音を立てた。

朝名はもらったリボンと、袋の中の種を見つめる。

この種が芽吹いて育ち、このリボンの刺繍のような花を咲かせる頃には、平穏が訪れているといい。

失ったものは多いけれど、また新しく築いていけたら。

二人はどちらからともなく見つめ合う。そうして、小さく笑った。

あとがき

初めましての方も、そうでない方も、こんにちは。顎木《あぎとぎ》あくみと申します。

この度は、本作『人魚のあわ恋』を手にとってくださり、ありがとうございます。

初めましてでない方は、もしかしたら「おいおい、あなたならいつもこの辺でもっとおかしなことを口走りだすのに、今回はないのか？」とお思いになるかもしれません。

ですが、今回は初めての文春文庫さんからの刊行ということで、ちょっとだけ格好をつけておこうかと思います。

大丈夫です、たぶんすぐにボロが出るでしょう。

突然ですが、私は和風のものが好きです。

これは確かデビュー作のあとがきにも書いた記憶があります。日本の文化が好き、和風のものが好き。しんとした静けさ、どこか漂う薄暗さや湿気、青々とした自然の香り……そんな独特の空気感が好きです。

今回、文春文庫の担当さまからお話をいただいたとき、正直、「文春文庫のラインナップに加えていただくにふさわしい作品が私に書けるのか？」と思いました。普段の私の作風は、落ち着きのある大人のふりをしたはっちゃけた若者、という感じですし、当時、小説を書く経験が浅いままデビューしたことが災いしてなんとなく自信を失いかけていたからです。

けれども、今回のお話をいただいてから企画を提出するまで——実に一年ほどの期間、自分なりに考えてみて肝心なことに気づきました。

初心にかえる。これです。

私の好きなもの、好きなことはなんだったか、どんな気持ちで小説を書き始めたのだったか。忙しくしているうちに、いつしかすっかり忘れていました。

——ああ、そうだ。和風が好きだ。不思議なものも好きだし、おどろおどろしいものも好きだ。そういう好きなものを、さらに自分好みに表現したくて小説を書き始めたのだった。

であれば、和風で、伝奇っぽくて、ちょっと不気味……だけど美しい、そんな物語を書こう。そう思い立ちました。

人魚や八百比丘尼といった題材は、私がもともと『不老不死』というモチーフが好きなのと、今回のイメージにぴったりなので採用しました。いいですよね、ほのかに血腥《ちなまぐさ》さがあるところとか。怪奇的であり、神秘的でもあるところとか。

また、企画を練るうちに西洋の人魚姫の儚い恋のイメージも加わって、よい雰囲気が作り出せたのではないでしょうか。

などとさらっと言いましたが、執筆もなかなか苦労がありました。

初心にかえりつつ、成長した私で物語を紡ぎたい、とかなんとか考えながら書いては直し、書いては直し。気づけば依頼をいただいてから三年近く経っての刊行に……。

他シリーズの諸々のお仕事と同時並行だったとはいえ、こんなにかかるとは。本当に一から根性を叩き直された気持ちです。ありがたいです。『NEW顎木』になれていたらいいな。『顎木・改』でもいいな。

初心は忘れず、技術には磨きをかけて、精進あるのみですね。

つらつらと書いて参りましたが、ここまでお付き合いくださった皆さまはおそらく「やっぱり文芸っぽくない散漫なあとがきだったな」と思われたことでしょう。ええ、人間の根本はそう簡単には変えられないのです……。

というわけで、このあとがきの締めに御礼を。

まずは担当さま。この度は、文春文庫という素晴らしいレーベルでの刊行の機会をいただき、ありがとうございました。私の未熟さにより、大変なお手数、ご迷惑をおかけしたと思いますが、作品と作者ともども丁寧に向き合ってくださり、感謝の気持ちでいっぱいです。

　また、カバーイラストを手がけてくださった、花邑《はなむら》まい先生。先生のお名前は以前から存じておりました！　大好きです！　と大興奮のままイラストを拝見し、その美麗さに無事に爆散いたしました。本当にありがとうございます。

　そして、本作を手にとってくださった読者の皆さま。皆さまのおかげで、こうして作品を発表し続けることができます。小説を書き始めた頃にはとても考えられなかったことです。そんな恩ある皆さまに、心から感謝申し上げ、少しでも楽しいひとときをお届けできていればいいな、と切に願います。

　それでは、またの機会に。

顎木あくみ

参考文献

『新編　日本古典文学全集11・古今和歌集』校注／訳／小沢正夫　松田成穂（小学館、1994年）

本書は文庫オリジナルです

文春文庫

人魚《にんぎよ》のあわ恋《こい》

定価はカバーに表示してあります

2024年2月10日　第1刷

著　者　顎木《あぎとぎ》あくみ
発行者　大沼貴之
発行所　株式会社　文藝春秋

東京都千代田区紀尾井町 3-23　〒102-8008
TEL　03・3265・1211㈹
文藝春秋ホームページ　http://www.bunshun.co.jp

落丁、乱丁本は、お手数ですが小社製作部宛お送り下さい。送料小社負担でお取替致します。

印刷製本・大日本印刷

Printed in Japan
ISBN978-4-16-792168-2